唐语林

TANG YULIN

〔宋〕王 谠◎著

光明日报出版社

图书在版编目（CIP）数据

唐语林 /（宋）王谠著 . -- 北京：光明日报出版社，
2014.6（2019.5 重印）

（光明岛）

ISBN 978-7-5112-6299-8

Ⅰ . ①唐… Ⅱ . ①王… Ⅲ . ①笔记小说–小说集–中
国–北宋 Ⅳ . ① I242.1

中国版本图书馆 CIP 数据核字（2014）第 069565 号

唐语林

TANG YULIN

著　者：〔宋〕王　谠

责任编辑：阴海燕　　　　　　　　　　责任校对：王腾达
封面设计：青蓝工作室　　　　　　　　责任印制：曹　净

出版发行：光明日报出版社
地　　址：北京市西城区永安路 106 号，100050
电　　话：010-67022197（咨询），67078870（发行），67019571（邮购）
传　　真：010-67078227，67078255
网　　址：http://book.gmw.cn
E - mail：lijuan@gmw.cn
法律顾问：北京德恒律师事务所龚柳方律师

印　　刷：北京朝阳新艺印刷有限公司
装　　订：北京朝阳新艺印刷有限公司
本书如有破损、缺页、装订错误，请与本社联系调换，电话：010-67019571

开　　本：150mm×220mm　　　　　　印　　张：12
字　　数：150 千字
版　　次：2014 年 6 月第 1 版
印　　次：2019 年 5 月第 3 次印刷
书　　号：ISBN 978-7-5112-6299-8

定　　价：29.80 元

目　录

卷一·德行

玄宗时重午日①，赐丞相钟乳②。宋璟命子弟将此付医人合炼③。对曰："上之所赐，必当珍异，付其家必遭窃换。"璟曰："持诚以信，尚惧见猜④；以猜示人，其可得乎？尔勿以此待人。"

【注释】

①重午日：重五日，为阴历五月五日，端午节。

②钟乳：钟乳石，指碳酸盐岩溶洞中形成的钟乳状碳酸钙沉淀物。

③宋璟：字广平，河北人。其祖于北魏、北齐皆为名宦。入唐，经武后、中宗、睿宗、殇帝、玄宗五帝，在任52年。玄宗开元年间，为姚崇荐为宰相，二人同为"开元之治"的有功之臣。

④见猜：被猜疑。

玄宗诸王友爱特甚①，常思作长枕大被，与同起卧。诸王或有疾，上辗转终日不能食。左右开喻进膳②，上曰："弟兄，吾之手足。手足不理，吾身废矣，何暇更思寝食？"上于东都起五王宅③，又于上都创花萼楼④，益与诸王会聚。或讲经义，赋诗饮酒，欢笑戏谑，未尝猜忌。

【注释】

①玄宗诸王：指睿宗长子成器、次子成义、四子隆范、五子隆业、六子

隆悌，玄宗隆基是三子。

②开喻：开导。

③东都：洛阳。

④上都：西京。

　　肃宗为太子，尝侍膳①。尚食置熟俎②，有羊臂臑③，上顾太子，使太子割。肃宗既割，馀污漫刃，以饼洁之。上熟视，不怿④。肃宗徐举饼啖之⑤，上大悦。谓太子曰："福当如是爱惜⑥。"

【注释】

①侍膳：陪尊长用膳。此处指肃宗李亨为太子时陪其父玄宗吃饭。

②尚食：尚食局，主管皇帝伙食的机构。俎（zǔ）：古代食器中供切肉的盛器，是一块长方形的板，下有足支着。

③臑（nào）：牲畜的前肢。

④不怿（yì）：不高兴。

⑤徐：慢慢地。

⑥福当如是爱惜：意思是，有福的人就要是这样爱惜粮食。

　　玄宗西幸①，车驾将自延秋门出②，杨国忠请由左藏库西③，上从之。望见千馀人持火以俟驾。上驻跸曰④："何用此？"国忠对曰："请焚库积，无为盗守。"上敛容曰："盗至，若不得此，必厚敛于人。不如与之，无重困吾民也。"命撤火炬而后行。闻者皆感激流涕，迭相语曰："吾君爱人如是，福未艾也⑤。虽太王去豳⑥，何以过于此也。"

①西幸：指天宝十五年（756）安禄山叛军进逼长安时玄宗仓皇西逃。

②延秋门：唐代长安禁苑西门。在唐代长安禁苑西面有两个门，南为延秋门，北为玄武门。

③杨国忠：杨贵妃的堂兄，杨玉环得宠于玄宗后，升任宰相。杨国忠为人心胸狭隘，倒行逆施，又与安禄山争宠。安禄山以诛杨国忠为名起兵叛唐，进攻长安。杨国忠劝玄宗奔蜀，途中即为士兵所杀。左藏库：国库"左藏"，因其在左边，故名。

④驻跸（bì）：帝王外出，车驾于途中暂时停留。

⑤未艾：未到尽头。

⑥太王去豳：太王为周文王之祖，即古公亶父，初居豳，为戎狄所侵，乃迁居于岐山之下，豳人从之。

　　天宝中①，有一书生旅次宋州②，时李汧公勉年少贫苦③，与此书生同店。而不旬日④，书生疾作，遂至不救。临绝，语公曰："某家住洪州⑤，将于北都求官⑥，于此得疾且死，其命也。"因出囊金百两遗公，曰："某之仆使无知有此，足下为我毕死事，馀金奉之。"李公许为办事。及礼毕，置金于墓中而同葬焉。后数年，公尉开封⑦。书生兄弟赍洪州牒来⑧，累路寻生行止。至宋州，知李为主丧事，专诣开封，请金之所在。公请假至墓所，出金以付焉。

【注释】

①天宝：唐玄宗年号，公元742年至756年。

②旅次：旅途中暂作停留。宋州：在今河南商丘。

③李汧(qiān)公勉：李勉字玄卿，代宗时李勉任工部尚书，封汧国公，历官玄宗、肃宗、代宗、德宗四朝，以清正严明著称，德宗时曾任宰相，后以太子太师罢相。

④旬日：十日。

⑤洪州：今江西南昌。

⑥北都：今太原。

⑦尉开封：任开封县尉。县尉，位在县令之下，主管治安。

⑧赍(jì)：持有，带。牒(dié)：古代官府的一种往来文书。此处即介绍信。

崔吏部枢夫人，太尉西平王晟之女也①。晟生日，中堂大宴，方食，有小婢附崔氏妇耳语久之，崔氏妇颔之而去。有顷复来。晟曰："何事？"女对曰："大家昨夜不安适②，使人往候。"晟怒曰："我不幸有此女，大奇事；汝为人妇，岂有阿家病，不检校汤药，而与父作生日？"遽遣走檐子归③，身亦续至崔氏家问疾，且拜请教训了不至。晟治家整肃，贵贱皆不许时世妆梳，勋臣之家称"西平礼法"。

【注释】

①太尉西平王晟：唐代宗、德宗时李晟屡建军功，兴元元年(784)又以平朱泚之叛功封平西郡王。贞元三年(787)加拜太尉、中书令，故称"太尉西平王晟"。

②大家：指夫家之母，即之后的"阿家"，又称"姑"。安适：安乐舒适。

③走檐子：檐子为肩舆之一种，俗称走檐子。用四人或二人肩挑的乘舆，即肩挑的轿子，乘者只戴帷帽遮脸，不用幂䍠遮身。

李师古跋扈①，惮杜黄裳为相②，未敢失礼，乃寄钱物百万，并毡车一乘。使者未敢进，乃于宅门伺候。有肩舆自宅出③，从婢二人，青衣褴褛。问："何人？"曰："相公夫人。"使者遽归以告，师古乃止。

【注释】

①李师古：唐将李正己之孙，李纳之子，世代为平卢节度使等官职，割据一方。李师古于德宗贞元十年（794）入朝，后为相。李师古边将出身，自恃功高，故在朝中跋扈。但因畏惮朝中宰相杜黄裳，"终身不敢失节"。

②杜黄裳：字遵素，唐宪宗以太子总军国事时，用为宰相，受恩三朝，时人惮之。

③肩舆：轿子。

兵部李约员外尝江行①，与一商胡舟楫相次②。商胡病，因邀相见，以二女托之，皆绝色也。又与一珠，约悉唯唯。及商胡死，财宝巨万，约悉籍其数送官，而以二女求配，始殓商胡。约自以夜光含之③，人莫知也。后死商胡有亲属来理资财，约请官司发掘检之，夜光果在。其密行皆此类也。

【注释】

①员外：官名，员外郎的简称。江：指长江。

②商胡：波斯、阿拉伯商人。舟楫：船只。

③夜光：珠子的名称。

荥阳郑还古①,俊才嗜学,性孝友。初家青、齐间②,值李师道叛命③,扶老亲归洛,与其弟自舁肩舆④,晨暮奔追,两肩皆疮。妻柳氏,仆射元公之女⑤,有妇道。弟齐古,好博戏赌钱,还古帑中恣其所用⑥,齐古得之辄尽。还古每出行,必封管籥付家人⑦,曰:"留待二十九郎⑧。倘博,勿使别取债息,为恶人所陷也。"弟感其谊,为之稍节。有堂弟善觱栗⑨,投许昌军为健儿⑩,还古使使召之,自与洗沐,同榻而寝。因致书方镇,求补他职。竟以刚躁喜持论,不容于时。

【注释】

①荥(xíng)阳:唐郡名,治所在今河南郑州西荥阳东北。郑还古:生平不详。自号谷神子,为元和进士第。

②家:居住。青、齐:青州、齐州,今山东历城一带。

③李师道:李师古之异母弟。自父李正己、兄李师古至师道,据有山东郓、曹等十二州七十余年,时叛时服。至宪宗元和十四年(819),李师道才被剿灭。

④舁:抬。

⑤仆射元公:柳公绰,官至检校左仆射、太原尹、北都留守、河东节度等使。文宗太和六年(832)授兵部尚书。

⑥帑:古代指收藏钱财的府库或钱财。

⑦管籥(yuè):钥匙。

⑧二十九郎:指郑齐古,兄弟辈排行第二十九。

⑨觱(bì)栗:古代一种吹奏乐器。

⑩许昌:指今河南许昌。

博陵崔倕[①]，缌麻亲三世同爨[②]。贞元以来，言家法者以倕为首。倕生六子，一为宰相，五为要官：太常卿邠[③]，太原尹酆[④]，外壶尚书郾[⑤]，廷尉郇[⑥]，执金吾鄯[⑦]，左仆射平章事郸[⑧]。兄弟亦同居光德里一宅。宣宗尝叹曰："崔郸家门孝友，可为士族之法矣。"郸尝构小斋于别寝，御书赐额曰"德星堂"。

【注释】

①博陵：唐郡名，治所在今河北定州。崔倕：唐德宗初官至吏部侍郎。

②缌麻：原为古代用细麻布制成的孝服，凡本宗高祖父母、曾伯叔祖父母、族伯叔父母、族兄弟及未嫁族姐妹，外姓中为表兄弟，岳父母等均需服丧。这里指崔家本宗及亲戚三代人的大家庭。同爨：同在一起食饭的大家庭。爨：烧火做饭。

③太常卿邠：崔邠，崔倕长子，宪宗时为太常卿，知吏部尚书铨。

④太原尹酆：崔酆，崔倕次子，曾授太原尹。

⑤外壶尚书郾：崔郾，崔倕三子，唐敬宗时为礼部侍郎，后卒，赐吏部尚书。外壶：外廷，即大臣议政之处。

⑥廷尉郇：崔郇，崔倕四子，授廷尉。

⑦执金吾鄯：崔鄯，崔倕五子，授执金吾。

⑧左仆射平章事郸：崔郸，崔倕六子，唐宣宗初为检校尚书右仆射同平章事。

大中年[①]，丞郎宴席[②]。蒋公伸在座[③]，忽酌一杯，言曰："座上有孝于家，忠于国，名重于时者，饮此爵。"众无敢举。李孝公景让起引饮之[④]。蒋以为然。

①大中:唐宣宗年号,公元 847 年至 859 年。

②丞郎:唐尚书省的左右丞和六部侍郎的总称。

③蒋公伸:蒋伸,大中十年到十二年为户部侍郎、兵部侍郎,大中十三年到十四年为工部尚书。懿宗时曾修《文宗实录》。

④李孝公景让:李景让,大和中为尚书郎,开成四年(839)为礼部侍郎,大中时为吏部尚书,转御史大夫,后卒,谥名"孝"。

　　崔枢应进士,客居汴半岁①,与海贾同止②。其人得疾既笃,谓崔曰:"荷君见顾,不以外夷见忽。今疾势不起,番人重土殡,脱殁,君能终始之否?"崔许之。曰:"某有一珠,价万缗③,得之能蹈火赴水,实至宝也,敢以奉君。"崔受之,曰:"吾一进士,巡州邑以自给,奈何忽蓄异宝!"伺无人,置于枢中,瘗于阡陌④。后一年,崔游丐亳州⑤,闻番人有自南来寻故夫,并勘珠所在,陈于公府,且言珠必崔秀才所有也,乃于亳来追捕。崔曰:"傥窀穸不为盗所发⑥,珠必无他。"遂剖棺得其珠。沛帅王彦谟奇其节⑦,欲命为幕,崔不肯。明年登第,竟主文柄,有清名。

【注释】

①汴:汴州,今河南开封。

②海贾:外国商人。

③缗:古代穿铜钱用的绳子。一贯千钱,一缗即一千铜钱。

④瘗:埋葬。

⑤游丐:行乞。

⑥窀穸:墓穴。

⑦沛:唐徐州沛县,今江苏徐州。

李英公为仆射①,其姊病,必亲为粥,火燃,辄焚及其髭。姊曰:"仆妾甚多,何为自苦若是?"勣曰:"岂为无人耶! 顾姊年与勣皆老,欲久为姊粥,复可得乎?"

【注释】

①李英公:即李勣,原名徐世勣,太宗时赐姓李,又避李世民讳,改单名。唐开国功臣,徙封英,故称李英公。高宗立,参掌机密,为尚书左仆射。

皇甫文备,武后时酷吏,与徐大理有功论狱①,诬徐党逆人,奏成其罪,武后特出之。无何,文备为人所告,有功讯之在宽。或曰:"彼曩将陷公于死②,今公反欲出之,何也?"徐曰:"尔所言者私怨,我所守者公法,安可以私害公也?"

【注释】

①徐大理有功:唐徐有功,唐高宗载初元年(689)为大理寺丞,武则天后又任为大理寺司刑少卿、司刑卿,故称徐大理。徐有功执法公正,不以私害公,为枉者申冤,虽护法三次被罢官,而执志不渝。

②曩:过去。

长安中争为碑志①,若市贾然。大官薨,其门如市,至有喧竞构致,不由丧家者。裴均之子求铭于韦相②,许缣万匹③。贯之曰:"宁饿不苟。"

【注释】

①碑志：为褒扬死者而立的墓志铭。

②裴均：唐德宗时为荆南节度使，宪宗元和时为中书门下平章事、山南东道节度使，封邺国公。韦相：名纯，字贯之，宪宗时为相。

③缣：细绢。

卷一·言语

陈子曰:"卫公之战伐^①,无兵也。杜员外咏歌^②,无诗也。张长史草圣^③,无书也。"

【注释】

①卫公:李靖,唐初开国功臣,唐太宗时又破突厥、吐谷浑,屡建军功。封卫国公,人称李卫公。

②杜员外:杜甫,世称诗圣。唐肃宗时为检校工部员外郎,人称杜工部、杜员外。

③张长史:张旭,世称张颠,草书为天下冠。

太宗止一树下,颇嘉之。宇文士及从而颂美之^①,不容于口。帝正色曰:"魏徵尝劝我远佞人^②,我不悟佞人为谁,意疑汝而未明也,今乃果然。"士及叩头谢曰:"南衙群官面折廷争^③,陛下常不能举首。今臣幸在左右,若不少顺从,陛下虽贵为天子,亦何聊乎?"意复解。

【注释】

①宇文士及:隋朝宇文述之子,宇文化及之弟,初仕隋,后归唐。太宗时为中书令、凉州都督,后入为右卫大将军。卒赠左卫大将军、凉州都督,陪葬昭陵。

②魏徵:凌烟阁二十四功臣之一。太宗时为谏议大夫、左光禄大夫,以直谏敢言著称,太宗对其敬而惮之,是中国历史上最负盛名的谏臣。

③南衙:又作南司,唐代以宰相为首的政府机构,因其位置在宫城的南部而得名。

太宗言"尚书令史多受赂者"①。乃密遣左右以物遗之②。司门令史果受绢一匹。太宗将杀之,裴矩谏曰③:"陛下以物试之,遽行极法,诱人陷罪,非'道德、齐礼'之义④。"乃免。

【注释】

①尚书令史:指尚书省的令史。令史:官名。隋唐以前令史都有品秩,隋唐后只为三省、六部及御史台的低级办事吏员。

②遗(wèi):赠予。

③裴矩:原为隋臣,官至黄门侍郎,熟悉北方边事,为炀帝经营西域。入唐后,对边事亦多所规划,官至民部尚书。

④道德、齐礼:出《论语·为政》:"道之以德,齐之以礼。"

谷那律,贞观中为谏议大夫,褚遂良呼为"九经库"①。永徽中,尝从猎②,途中遇雨。高宗问:"油衣若为得不漏?"对曰:"能以瓦为之,不漏也。"意不为畋猎。高宗深赏焉,赐帛二百匹。

【注释】

①褚遂良:博通文史,精于书法。贞观十年(636)由秘书郎迁起居郎,后迁谏议大夫。高宗时被贬于今越南,死于任所,年六十三。九经库:"九经"即《易》《书》《诗》《春秋左传》《礼记》《周礼》《孝经》《论语》

《孟子》。

②永徽：唐高宗年号，公元 650 年到 655 年。

武德四年①，王世充平后②，其行台仆射苏世长以汉南归
顺③。高祖责其后服，世长稽首曰④："自古帝王受命，为逐鹿之
喻⑤，一人得之，万夫敛手。岂有猎鹿之后，忿同猎之徒，问争肉
之罪也？"高祖与之有旧，遂笑而释之。后从猎于高陵⑥，是日大
获，陈禽于旌门⑦。高祖顾谓群臣曰："今日畋⑧，乐乎？"世长对
曰："陛下废万几，事畋猎，不满十旬，未为大乐。"高祖色变，既
而笑曰："狂态发耶？"对曰："为臣私计则狂，为陛下国计则忠
矣。"尝侍宴披香殿，酒酣，奏曰："此殿隋炀帝之所作耶？何雕
丽之若是也！"高祖曰："卿好谏似直，其心实诈。岂不知此殿是
吾所造，何须诡疑是炀帝？"对曰："臣实不知。但见倾宫、鹿
台⑨，琉璃之瓦，并非帝王节用之所为也。若是陛下所造，诚非
所宜。臣昔在武功⑩，幸当陪侍。见陛下宅宇才蔽风霜，当此时
亦以为足。今因隋之侈，人不堪命，数归有道，而陛下得之，实
谓惩其奢淫，不忘俭约。今于隋宫之内，又加雕饰，欲拨其乱，
宁可得乎？"高祖每优容之。前后匡谏讽刺⑪，多所宏益。

【注释】

①武德：唐高祖李渊年号，公元 618 年至 626 年。

②王世充：隋西域人。隋末据洛阳，后废隋主杨侗称帝，国号郑。唐
高祖武德四年，王世充降，郑亡。

③苏世长：隋臣，王世充称帝时署为太子太保、行台右仆射，与世充
兄子弘烈据襄阳。唐武德四年，苏世长劝弘烈归降唐朝，后为谏议大夫。

汉南：汉水以南，今湖北西北襄樊一带。

④稽首：古时所行的跪拜礼。

⑤逐鹿：鹿喻天下，逐鹿意谓争夺天下。

⑥高陵：唐县名。在今陕西西安北部高陵。

⑦旌门：古时天子出巡时，张帷为宫，竖旌为门。旌，古代用羽毛装饰的旗子称为旌。

⑧畋：打猎。

⑨倾宫、鹿台：指帝王所居住的巨大宫殿。

⑩武功：唐县名，在今陕西武功，高祖旧宅在此，故下文有"陛下宅宇才蔽风霜"。苏世长为武功人。

⑪匡谏：规劝君主或尊长，使改正错误。

　　房玄龄与高士廉偕行①，遇少府少监窦德素②，问之曰："北门近来有何营造③？"德素以闻④。太宗谓玄龄、士廉曰："卿但知南衙事，我北门小小营造，何妨卿事？"玄龄等拜谢。魏徵进曰："臣不解陛下责，亦不解玄龄等谢。既任大臣，即陛下股肱耳目，所营造何容不知？责其访问官司，臣所不解。陛下所为若是，当助陛下成之；所为若非，当奏罢之。此乃事君之道。玄龄等所问无罪，而陛下责之，玄龄等不识所守，臣实不喻。"太宗深纳之。

【注释】

①房玄龄：李世民为秦王时，房玄龄为主要谋士，参与策划"玄武门之变"。太宗即位后，为中书令，任宰相十五年，与杜如晦合称"房杜"，为后世良相典范。高士廉：早年为秦王谋士之一，亦参与策划"玄武门之变"。太

宗即位后,入为吏部尚书,又奉诏撰《氏族志》。后拜尚书右仆射,加授开府仪同三司。

②少府少监:官职。历代职务不同。唐代仅掌管百工技巧事务。

③营造:土木建筑,指兴建宫室。

④德素以闻:窦德素把这件事告诉了太宗。

总章中①,高宗将幸凉州②。时陇右虚耗③,议者以为非便。高宗闻之,召五品以上,谓曰:"帝王五载一巡狩,群后四朝,此盖常礼。朕欲暂幸凉州,乃闻中外咸谓非宜。"宰臣以下莫有对者。详刑大夫来公敏进曰④:"陛下巡幸凉州,宣王略,求之故实,未虚令典。但随时度事,臣下窃有所疑。高丽虽平,馀寇尚梗;西道经略,兵犹未停。且陇右诸州,人户少寡,供储车驾⑤,备拟稍阙。臣闻中外实有窃议。"高宗曰:"既有此言,我止度陇⑥,存问故老,蒐狩即还⑦。"遂下诏停西幸,擢公敏为黄门侍郎⑧。

【注释】

①总章:唐高宗年号。此条记事为总章二年(669)。

②凉州:武威郡,即今甘肃武威。

③陇右:唐道名,指陇山以西,今甘肃广大地区。

④详刑大夫:大理寺少卿,正四品。

⑤储(zhì):储物待用。

⑥度陇:指度过陇山到达秦州,州治在今甘肃天水。

⑦蒐(sōu):春天打猎。

⑧黄门侍郎:是皇帝近侍之臣,正四品上。

高贞公郢为中书舍人九年①,家无制草②。或曰:"前辈有制集③,焚之何也?"答曰:"王言不可存于私家。"

【注释】

①高贞公郢:高郢,谥号"贞",故称高贞公。德宗时为刑部郎中,又改授中书舍人,后官至中书侍郎、尚书右仆射。

②家无制草:制,指皇帝发布的制诰、制书。高郢掌侍奉进奏,参议表章,起草诏、旨、敕、制及玺书册命,为了防止泄露,将起草的制稿焚掉,故称"家无制草"。

③前辈有制集:指后代编入文集的前辈文官起草的制稿。

高贞公致仕①,制云"以年致政②,抑有前闻;近代寡廉,罕由斯道"。是时杜司徒年过七十③,无意请老,裴晋公为舍人④,以此讥之。

【注释】

①致仕:告老辞官。自周代起即有大夫七十致仕之礼,即现代的退休制。

②致政:致仕,告老还政事于君主。

③杜司徒:杜佑,时与高郢同居相位。高郢于元和二年(807)致仕,六年(811)卒,年七十二;杜佑于元和七年(812)致仕,是年卒,年七十八。

④裴晋公:裴度,宪宗元和时累迁司封员外郎、中书舍人、御史中丞、中书侍郎,同中书门下平章事。封晋国公。穆宗时数出镇拜相。元和初为起居舍人,起草制诰。

高祖时，严甘罗，武功人。剽劫，为吏所拘。上谓曰："汝何为作贼？"对曰："饥寒交切，所以为盗。"上曰："吾为汝君，使汝穷乏，吾之罪也。"赦之。

卷一·政事上

姚崇引宋璟为御史中丞^①，顷之入相。宋善守法，故能持天下之政；姚善应变，故能成天下之务。二人执性不同，同归于道，协心翼赞，以致于治。

【注释】

①姚崇：唐玄宗开元初名相。三朝为相，为政简肃，知人善任。

玄宗御勤政楼大酺^①，纵士庶观看百戏^②，人物填咽^③，金吾卫士指遏不得^④。上谓力士曰^⑤："吾以海内丰稔，四方无事，故盛为宴乐，与万姓同欢，不谓众人喧闹若此。汝有何计止之？"力士曰："臣不能止也。请召严安之处分打场^⑥，以臣所见，必有可观。"上从之。安之周行广场，以手板画地，示众曰："逾此者必死。"是以终日酺宴，咸指其画曰："严公界境。"无人敢犯者。

【注释】

①大酺(pú)：盛大宴饮。

②百戏：歌舞、演乐、杂技、幻术的总称。

③填咽：堵塞不通，人、物拥挤。

④金吾卫士：执金吾的卫士。金吾，鸟名，主辟不祥，天子出行，卫士执此引导，以御非常。唐禁卫军有置左右金吾卫。

⑤力士：高力士，玄宗时宦官，深得信任，倚为心腹，封至渤海郡王。

⑥严安之：开元十八年(730)为河南丞，执法以严酷残忍著称。

开元中①，山东蝗。姚元崇奏请遣使分捕②。上曰："蝗虫，天灾也，由朕不德而致焉。卿请捕之，无乃违天乎？"崇曰："《大田》之诗③，'秉畀炎火'者，捕蝗之术也。古人行之于前，陛下用之于后。行之所以安农除害，国之大事也，陛下熟思之！"上曰："事既古，用可救时，朕之心也。"遂行之。是时中外咸以为不可。上谓左右曰："与贤相讨论已定，捕蝗之事，敢议者死。"自是所司结奏，捕蝗十分去四。

【注释】

①开元：唐玄宗年号，公元713年至741年。

②姚元崇：姚崇，本名元崇，武则天时突厥叱利元崇叛乱，武则天忌讳元崇与之同名，改为"元之"。玄宗时又避"开元"年号，改单名为"崇"。任三朝宰相，与宋璟共创"开元之治"，史称"姚宋"。

③《大田》：见《诗经·大田》："及其蟊贼，无害我田稺。田祖有神，秉畀炎火。"

德宗时，李纳陆梁①，上表欲进钱五百万。上怒谓丞相曰："朕岂藉进奉！"崔文公曰②："陛下欲知真伪不难，但诏纳便以回赐三军，即其情露矣。纳若遵诏，是陛下恩给三军；纳若不从，是其树怨于军中也。"上曰："赐之何名？"祐甫曰："两河用军已来，天平功居多③，朝廷未及优赏。"上以为然。诏至，纳惭恚，构疾而终。

【注释】

①李纳:其父李正己于代宗时据有山东等十五州,势力强大。德宗建中初(780)李正己反。第二年,李正己病死,李纳袭父位,起兵叛乱,称齐王。兴元元年(784)受朝庭招抚,恢复平卢节度使,授检校右仆射、同中书门下平章事。陆梁:横行无阻,称霸一方。

②崔文公:指崔祐甫,谥文贞,故称崔文公。崔祐甫当时为德宗宰相。

③天平功居多:天平指天平军。节度山东曹、郓、濮诸州兵马,治郓州。李纳为平卢军节度、淄青等州观察使,李希烈谋反,李纳率天平军破叛军于陈州。

阎伯玙,袁州刺史①。时征役繁重,袁州特为残破,伯玙专以惠化招抚,逃亡皆复,邻境慕德,襁负而来。数年之间,渔商阗凑②,州境大理。及改抚州③,百姓相率而随之。伯玙未行,或已有先发。伯玙于所在江津见航,问之,皆云"从袁州来,随使君往抚州"④。前后相继,吏不能止,其见爱如此。到职一年,抚州复治。代宗闻之,征拜户部侍郎,未至,卒。

【注释】

①袁州:今江西宜春。

②阗凑:大量聚集。

③抚州:今江西抚州。

④使君:对州郡长官的尊称。

李封为延陵令①,吏人有罪,不加杖罚,但令裹碧头巾以辱

之^②。随所犯轻重,以日数为等级,日满乃释,吴人著此服出
入^③,州乡以为大耻,皆相劝励无敢犯,赋税常先诸县。既去官,
竟不捶一人。

　　韦皋薨^①,行军司马刘闢知留后^②,率将士逼监军使^③,请奏
命闢为帅,以徇军情。旋举兵扼鹿头关下蜀^④,蜀帅李康弃城
走^⑤。上敕宰臣选将讨伐。杜黄裳曰:"保义节度使刘澭、武成
节度使高崇文^⑥,皆刚毅忠勇可用。"上曰:"二人谁为优?"黄裳
曰:"刘澭自涿州拔城归阙,扶老携幼,万人就路,饮食舒惨,与众
共之。居不设乐,动拘法令,峻严整肃,人望而畏。付以专征,
必著勋绩。"澭,济之弟,济继怦镇幽州,澭任瀛州刺史,与济有隙,济欲害之,母氏潜报
澭,澭乃誓拔所部归阙,不由驿路而行,秋毫不犯。朝廷优遇,乃割凤翔府普润、麟游等县为
行秦州。以普润为理所,保义为军号,拜澭行秦州刺史,充保义军节度使。所领将十营于
此。澭镇普润七年,后镇泾原。上曰:"卿选刘澭,甚得其人,然卿虑亦未
尽。澭驭众严肃,固是良将,性本倔强,与济不叶,危急归命,河朔
气度尚在^⑦,常闻郁郁扼腕,恨不得名藩,应有深意。若征伐有功,
须令镇西蜀以为宠。况全蜀重地,数十年间,硕德名臣,方可寄
任。澭生长幽燕^⑧,只知卢龙节制^⑨,不识朝廷宪章。向者幽系幕

吏，杖杀县令，皆河朔规矩，我亦为之容贷。若使镇西川，是自掇心腹疾。不如崇文，久将亲军，宽和得众，用兵沉审。"乃命为西川行营节度使。

崇文下剑门，长子曰晖，不当矢石，将斩之以励。师次绵州⑩，斩硖州节度使李康，疏康擅离征镇，不为拒敌。当时议者云："康任怀州刺史⑪，收杀武陟尉⑫，即崇文判官宋君平之父，崇文乘此事为之报仇。入成都日，有若闲暇，命节级将吏，凡军府事无巨细，一取韦皋故事。一应为阙胁从者，但自首并不问。韦皋参佐房式、韦乾度、独孤密、符载、郗士美⑬本名犯文宗庙讳。皆即论荐。馆驿巡官沈衍、段文昌⑭，阙迫令刺按，礼同上介，亦接诸公后谒。崇文谓文昌曰："公必为将相，未敢奉荐。"叱起沈衍，令枭首于驿门外。举酒与诸公尽欢，俳优请为刘阙责买戏。崇文曰："阙是大臣谋反，非鼠窃狗盗。国家自有刑法，安得下人辄为戏弄？"杖优者，皆令戍边房式除给事中，韦乾度兵部郎中，独孤密除起居郎，郗士美除太常博士，符载除秘书郎，并未到阙而命下。刘阙就擒，得侍妾二人，皆殊色，监军使请进上。崇文曰："谬当重寄，初收大藩，且要境内肃清，万姓复业，以宽圣虑。进美妇人，作狐魅天子意，崇文此生不为也。"遽命配鳏处将校上闻之，语内臣曰："崇文得殊色不进来，又不自留，是忠直也，是田舍人也。"三年为蜀帅，惠化大行。不事威仪，礼贤接士，身与子弟车服玩用无金玉之饰。一朝谓监军从事曰："崇文，河北一健儿，偶然际会，累立战功，国家酬奖亦极矣。西川是宰相回翔地，崇文叨居已久，岂宜自安？但得为节制边镇，死于王事，成愿足矣。"乃陈让请邠宁⑮，以至于卒。

【注释】

①韦皋:初为左金吾卫将军,迁大将军,德宗贞元初以功授剑南西川节度使,又以抚南诏破降吐蕃授云南安抚使,后又加检校司徒,兼中书令,封南康郡王。顺宗永贞元年(805)八月疾卒,年六十一。

②刘辟:韦皋死后,刘辟自为西川节度留后,率成都将校上表请诏命。宪宗初即位,予以安抚,授刘辟检校工部尚书,充剑南西川节度使。但刘辟贪得无厌,求都统三川,统领全蜀。后为高崇文槛送京师,服罪死。

③监军使:由朝廷直接监管的监督将帅、控制军队的人员。隋末唐初,以御史为监军;开元后,又以宦官为监军。

④鹿头关:在今四川德阳北,为进入成都平原的关口。

⑤李康:时为东川节度使,镇梓州。

⑥刘澭:澭,初为瀛州刺史,后驻守陇塞,德宗时授秦州刺史。保义军即秦州陇右节度使,治普润,在今陕西麟游西北二十里。宪宗元和初赐名保义军。高崇文:少从平卢军,即山东淄青等州节度,治青州。德宗贞元中随韩全义镇长武城,后为长武城使,即武成节度使,治军纪律严明。

⑦河朔气度:河朔谓黄河以北,当时河朔三镇(成德、卢龙、魏博)是割据性最强的藩镇,所谓河朔气度即指此。

⑧澭生长幽燕:澭父刘怦,幽州(今北京)昌平人,为幽州节度使,澭之兄刘济亦继为幽州节度使。

⑨卢龙节制:卢龙军的规制。卢龙军为幽州节度使所辖军队。

⑩绵州:治在今四川绵阳。

⑪怀州:治在今河南沁阳。

⑫武陟:治在今河南武陟南。

⑬房式:韦皋时曾被荐为云南安抚使兼御史中丞。韦皋死,刘辟反,留房式不得行。房式惧刘辟,每于座中赞刘辟美德,比之刘备,故同陷于贼者皆恶之。高崇文至成都,式请罪,崇文宽礼之。

⑭段文昌：韦皋时曾表授校书郎。后亦为高崇文所赏识。至宪宗时擢为学士，穆宗时为中书舍人、中书侍郎、平章事。长庆元年(821)授西川节度使、同中书门下平章事，文宗时出为淮南节度使，后又授剑南西川节度。出将入相共二十年。

⑮让请邠宁：让出较好的地方到较差的邠宁地方去。邠宁，邠州、宁州。邠州，州治在今陕西彬县；宁州，州治在今甘肃宁县。

吴元济乱淮西①。以宰相裴度为元帅②，召对于内殿，曰："蔡贼称兵③，昨晚择帅甚难。天子用将帅，如造大船以越沧海，其功既多，其成也大，一日万里，无所不留。若乘一苇而蹈洪流，即其功也寡，其覆也速。朕今托卿以摧狂寇，可谓一日万里矣。"度曰："臣虽不才，敢以死效命。"因泣下沾衿，上亦为之动容。

【注释】

①吴元济：吴元济之父吴少阳为淮西节度使，治蔡州(今河南汝南)。宪宗元和九年(814)，淮西节度使吴少阳死，其子吴元济自领军务，发动叛乱。

②裴度：宪宗元和九年(814)累官至御史中丞。是年淮西叛，裴度督军平乱。十二年，李想擒吴元济，淮西平，裴度封晋国公，史称"裴晋公"。

③蔡贼：蔡州叛军。

宪宗时，权长孺知盐福建院，赃败，有司上其狱。崔相群救曰①："此德舆族子②。"上曰："德舆不合有子弟犯赃。使德舆自犯，朕且不赦。"后知其母老，免死，杖一百，流康州③。

①崔相群：崔群，元和初召为翰林学士，历中书舍人，元和十二年（817）为相。

②德舆：权德舆，德宗时官至户部侍郎，宪宗时任礼部尚书、平章事，后徙刑部尚书。卒谥文，后人称为权文公。

③康州：治今广东德庆。

相国晋公裴度出镇兴元①，因入觐。值范阳节度使朱克融囚春衣使②，奏曰："使者傲，赐衣恶，军士皆无衣，兼请之。又闻车驾幸东都，请以丁匠五千先理宫寝。"敬宗召公问。公对曰："克融凶骏者③，此将灭之征也。欲挫之，则曰：'所遣工役当令供俟，速行也。'若欲缓之，则发一诏曰：'闻中官慢易④，俟归，当痛责之。春服，所司之制，我已罪之也。瀍洛之幸⑤，职司所供，固不烦士卒也。三军请衣，吾无所爱，但非征役例。'"克融却出使，宴赂命回，乃赍瑞宝以献。不数月，克融果死。

【注释】

①兴元：唐兴元府，为今陕西南郑县治。

②朱克融：朱克融少年时即在幽州担任小校，穆宗时升为范阳节度使，治幽州，治所在今北京大兴。春衣使：朝廷派出为边防士兵送春衣的使臣。

③凶骏：凶狠而又蠢笨。

④中官：宦官，太监。

⑤瀍(chán)洛：指瀍水、洛水，瀍水为洛水的支流，源于洛阳西北谷城山，南流经洛阳城东，汇入洛水。

宝历中①，亳州云出圣水，服之愈宿疾，亦无一差者。自洛已来及江西数十郡，人争施金贷之衣服以饮焉，获利千万，人转相惑。李德裕在浙西②，命于大市集人，置釜取其水，设司取猪肉五斤煮③，云："若圣水也，肉当如故。"逡巡熟烂④。自此人心稍定，妖者寻而败露。

【注释】

①宝历：唐敬宗年号，公元825年。文宗即位之初未改。

②李德裕：出身相门，以门荫入仕，历官穆宗、敬宗、文宗、武宗四朝，后任宰相。宝历二年(826)李德裕任浙西观察使时，就圣水一事上疏奏请查处妖僧，以绝妖源。

③釜：一种圆底而无足的烹煮器。

④逡巡：又作"逡循"，不久、片刻的意思。

开成中①，李石作相兼度支②。一日早朝中箭，遂出镇江陵③。自此诏宰相坐檐子，出入令金吾以三千人宿直。李卫公复相④，判云："在具瞻之地，自有国容；居无事之时，何劳武备！所送并停。"李卫公初入相是太和七年，居李石之前，卫兵不因李事，记之者有误。

【注释】

①开成：唐文宗年号，公元836年至840年。

②李石：文宗太和九年(835)为户部侍郎，判度支事。开成初自朝议郎加朝议大夫，以本官同平章事，兼度支如故，又加中书侍郎集贤殿大学士，领盐铁转运使。

③江陵：治在今湖北江陵县。

④李卫公:指李德裕。武宗会昌四年(844),李德裕进封卫国公,故名。

会昌中,晋阳令狄惟谦①,梁公之后②,善为政。州境亢阳,涉春夏,数百里水泉耗竭。祷于晋祠者数旬③,无应。有女巫郭者,攻符术厌胜之道。有监军携至京师,因缘出入宫掖,其后归,遂号"天师"。天既久不雨,境内莫知所为,皆曰:"若得天师至晋祠,则旱不足忧矣。"惟谦请于主帅,曰:"灾厉流行,氓庶焦灼,若非天师一救,万姓恐无聊生。"于是主帅亲自为请,巫者许之。惟谦具幡盖,迎自私室,躬为控马。既至祠所,盛设供帐饮馔。自旦及夕,立于庭下,如此者两日。语惟谦曰:"为尔飞符于上帝,请雨三日,雨当足矣。"观者云集。三夕,雨不降。又曰:"此土灾渗④,亦由县令无德。为尔再请,七日当有雨。"惟谦引罪于己,奉之愈恭。及期,又无应。郭乃骤索马入州宅。惟谦曰:"天师已为百姓此来,更乞祈祷。"勃然怒骂曰:"庸琐官人,不知礼! 天时未肯下雨,留我复奚为?"惟谦谢曰:"明日排比相送。"迟明,郭将归,肴醴一无所设。坐于堂上,大怒。惟谦曰:"左道女子,妖惑日久,当须毙此,焉敢言归!"叱左右曳于神堂前,杖背三十,投于潭水。祠后有山极高⑤,遂令设席焚香,端笏立于其上。阖县骇曰:"长官打杀天师。"驰走者纷纭。祠上忽有云如车盖,覆惟谦。逡巡四合,雷震数声,甘泽大澍数尺⑥。于是士民自山顶拥惟谦而下。州将初责以专杀巫者,既而嘉其精诚有感,与监军表言其事。制书褒曰:"狄惟谦剧邑良才,忠臣华胄,睹此天厉,将殄下民,当请祷于晋祠,类投巫于邺县⑦。

曝山极之畏景,事等焚躯⑧;起天际之油云,法同剪爪⑨。遂使旱风潜息,甘泽施流。昊天犹鉴于克诚,余志岂忘于褒善。特颁朱绂,俾耀铜章⑩。勿替令名,更昭殊绩。"赐章服⑪,并钱五十万。后历绛、隰二州刺史⑫,所治皆有名称。

卢元公钧镇北都①,推官李璋幕中饮酒醉②,决主酒军职衙前虞候③。明日，元公出赴行香，其徒百八十人横街见公，论无小推巡决得衙前虞候例④。元公命收禁责状。至衙，命李推官所决者更决配外镇，其馀虞候各罚金。内外不测。璋惶恐，衣公服求见。公问："何事公服？请十郎袴衫麻鞋相见⑤。"璋欲引咎，公语皆不及。临去，曰："十郎不决衙前虞候，只决所由。假使错误，亦不可纵。况太原边镇，无故二百虞候横拦节度使，须当挫之。"璋后为尚书右丞。

【注释】

①卢元公钧：卢钧，宣宗时入朝为尚书左仆射。宣宗大中六年，卢钧在太原尹、北都留守、河东节度使任上。北都：太原。

②李璋：李绛之子，李绛自德宗历六朝，性刚直嫉恶，后于山南西道节度使任上为乱兵所害。卢钧镇太原时李璋为幕内书记官。宣宗大中末官至宣歙观察使。

③衙前虞候：唐中叶后方镇皆置虞候，即衙前虞候，纠军中不法者。

④小推巡：指推官李璋。

⑤十郎：李璋行十，故称十郎。

牛丛任拾遗、补阙五年①，多论事，上密记之。后自司勋员外郎为睦州刺史②，入谢。上命至轩砌，问曰："卿顷任谏官，颇能举职，今忽为远郡，得非宰臣以前事为憾否？"丛曰："新制：未任刺史、县令，不得任近侍官。宰臣以是奖擢，非嫌忌也。"上曰："赐紫③。"丛谢毕，前曰："臣所衣绯衣是刺史借服，不审陛下便赐臣紫，为复别有进止？"上遽曰："且赐绯。"上慎重名器，未尝容易，服章之赐，一朝无滥邀者。

【注释】

①牛丛：为牛僧孺的次子，开成二年(837)登进士第。宣宗时为门下省补阙、拾遗，后任司勋员外郎。

②睦州：治在今浙江建德。

③赐紫：唐贞观四年定制：官员三品以上穿紫色，四品、五品穿绯色，六品、七品穿绿色，八品、九品穿青色。州刺史级是四、五品，按理不应赐紫。

卷二·政事下

宣宗密召学士韦澳[1],屏左右,谓澳曰:"朕每与节度、观察、刺史语,要知所委州郡风俗物产,卿采访撰次一书进来。"澳即采十道四藩志[2],撰成,题曰《处分语》,自写面进,虽子弟不得闻。后数日,薛弘宗除邓州刺史[3]。澳有别业在南阳[4],召弘宗饯之。弘宗曰:"昨日中谢,圣上处分当州事惊人。"澳访之,即《处分语》中事也。

【注释】

①韦澳:唐德宗时宰相韦贯之之子,文宗太和六年(832)登进士第,之后十年不仕,宣宗时充翰林学士,累迁户部兵部侍郎、学士承旨。后于懿宗咸通二年(861)出为邠宁节度使。

②十道:唐太宗时,分全国为十道,即关内道、河南道、河东道、河北道、山南道、陇右道、淮南道、江南道、剑南道、岭南道。

③邓州:州治在今河南邓县东南。

④南阳:治在河南邓州。

乐工罗程者,善弹琵琶,为第一,能变易新声,得幸于武宗,恃恩自恣。宣宗初,亦召供奉。程既审上晓音律,尤自刻苦,往往令侍嫔御歌,必为奇巧声动上,由是得幸。程一日果以眦睚杀人[1],上大怒,立命斥出,付京兆[2]。他工辈以程艺天下无双,欲以动上意。会幸苑中，乐将作，遂旁设一虚坐，置琵琶于其上。乐工等罗列上前，连拜且泣。上曰："汝辈为何也?"进曰："罗程负陛下，万死不赦。然臣辈惜程艺天下第一，不得永奉陛下，以是为恨。"上曰："汝辈所惜者罗程艺耳，我所重者高祖、太宗法也。"卒不赦程。

【注释】

①眦睚：又作"睚眦"，瞪目怒视。

②京兆：京兆府，首都除皇城、禁苑外的直辖区。"付京兆"即交付京兆府法办。

宣宗虽宽仁爱人，然刻于用法[1]，尝曰："犯朕法，虽我子弟亦不宥[2]。"内外由是畏惮。

【注释】

①刻于用法：执法严厉，不姑息徇情，依法办事。刻，苛刻。

②宥：宽容，饶恕。

柳仆射仲郢任盐铁使[1]，奉敕：医人刘集宜与一场官[2]。集医行间阎间[3]，颇通中禁，遂有此命。仲郢手疏执奏曰："刘集之艺若精，可用为翰林医官，其次授州府医博士。委务铜盐，恐不可责其课最[4]。又场官贱品[5]，非特敕所宜。臣未敢奉诏。"宣宗御笔批："刘集与绢百匹，放东回。"数日，延英对[6]，曰："卿论刘集大好。"

【注释】

①柳仆射仲郢：柳仲郢，元和进士，宣宗即位后，召拜柳仲郢为户部侍郎，复出为河南尹，又转梓州刺史、剑南东川节度使。在镇五年，政绩甚著，入为兵部侍郎，充诸道盐铁转运使。大中十二年(858)罢使，转刑部尚书。懿宗时，任检校尚书左仆射、东都留守，故称柳仆射。仆射：官名，唐为尚书省长官，初期与中书令、侍中同为宰相之职。

②场官：盐场或铁场的官职。

③闾阎：指平民百姓。

④课最：划分优劣的等级，征收赋税。课，收税。最，第一等。

⑤贱品：指官职品秩低。

⑥延英对：延英即延英殿，在唐大明宫内，为皇帝与臣下议政事的宫殿。对，皇帝与臣下对话。

宣宗猎苑北，见樵者数人，因留与语。言泾阳百姓①，因问："邑宰为谁？"曰："李行言。""为政何如？"曰："性执滞②。有劫贼五六人匿军家，取来直不肯与③，尽杖杀之。"上还宫，以书其名帖于殿柱上。后二年，行言领海州④，中谢。上曰："曾宰泾阳否？"对："在泾阳二年。"上曰："赐金紫⑤。"再谢。上曰："卿知著紫来由否？"行言奏不知。上顾左右，取殿柱帖子来宣示。

【注释】

①泾阳：治今陕西西安北泾阳，唐属京兆府，皇城北的禁苑即在此。

②执滞：固执，拘泥。

③军家：北司诸军。

④海州：治在今江苏东海县。

⑤赐金紫：赐给紫衣、金鱼袋。唐代皇帝常赐给官员装饰物及朝服，

33

以示荣誉。

高尚书少逸为陕州观察使①。有中使于硖石驿怒饼饵黑②，鞭驿吏见血。少逸封饼以进，中使亦自言。上怒曰："高少逸已奏来。深山中如此食，岂易得也？"遂谪配恭陵③，复令过陕赴洛。

【注释】

①高尚书少逸：高少逸，文宗时其弟高元裕荐为御史中丞。宣宗时出为陕虢观察使。后以兵部尚书致仕，故称高尚书。陕州：在今河南陕县。

②中使：宫中派出的使者，多由宦官充任。饼饵：泛指饼类吃食。

③恭陵：唐高宗太子李弘之墓。李弘薨逝于太子位，被追封为孝敬皇帝。

郑光①，宣宗之舅，别墅吏颇恣横，归里中患。积岁征租不入。户部侍郎韦澳为京兆尹，擒而械系之。及延英对，上曰："卿禁郑光庄吏，何罪？"澳具奏之。上曰："卿拟如何处置？"澳曰："臣欲置于法。"上曰："郑光甚惜，如何？"澳曰："陛下自内庭用臣为京兆，是使臣理畿甸积弊。若郑光庄吏积年为蠹，得宽重典，则是朝廷之法独行于贫下，臣未敢奉诏。"上曰："诚如此。但郑光再三干朕，卿与贷法，得否？不然，重决贷死，可否？"澳曰："臣不敢不奉诏，但许臣且系之，俟征积年税物毕放出，亦可为惩戒。"上曰："可也。为郑光所税扰乡，行法自近。"澳自延英出，径入府杖之，征欠租数百斛，乃纵去。

①郑光:宣宗母弟,因外戚而贵。

大中初,云南朝贡及西川质子人数渐多①,节度使奏请厘革。有诇人录诏报云南②,云南词不逊。词云:"一人有庆,方当万国而来朝;四海为家,岂计十人之有费。"尔后纳贡不时,境上骚扰。宣宗崩,命内臣告哀,行及其国,南诏王丰祐已死③,子坦绰酋龙继立④,号曰骠信,凶狠悖慢。谓"我国亦有丧,朝廷不赐吊问,诏书又赐故王"。于是待使者礼薄,旋又屡犯封疆,掠越嶲⑤。朝廷以骠信名近庙讳,复无使朝贡,不告国丧,遂绝册立吊祭使。杜悰再入辅⑥,议曰:"云南向化七十馀年,泸水之阴⑦,弓弛甲解,诸蛮纳职如编氓,抚慰怀来,不劳筹策。悰二十年间再领西蜀,近者费用多于往年,聚蓄不得盈实。今者虽起衅端,未深为敌,宜化以礼谊。夷狄之君,立名犯上,难为奏闻,下诏令其改更。纵未行典册,且发使吊祭,以恩信全其国礼。诏清平官以下⑧,谕其君长,各犯庙讳,朝廷未可便行册命,骠信必遣使谢恩,易名献贡。若不纳使臣入国城,即遥陈祭礼,令使臣录文,并赗赠帛以送骠信,具报清平官已下。"乃命左司郎中孟穆为云南吊祭宣抚册命使。已报破越嶲,攻邛崃关⑨,使臣逗留数月不发。未几,悰出镇凤翔,议多异同,复言未可发使,乃诏西川令遣使示朝旨。尔后连陷城邑,征兵讨逐,朝贡遂绝。

【注释】

①西川:剑南西川节度使,治成都府,管辖今西南地区。质子:各地

首领派送子弟入朝或在太学读书,起着人质和联系交流作用。

②诇人:侦探。

③南诏王丰祐:南诏为唐代云南滇西地区的少数民族政权。唐穆宗长庆三年(823),丰祐继其兄为南诏王,至宣宗十三年(859)卒,在位共三十六年。

④坦绰酋龙:丰祐原名世隆,唐以其名犯玄宗名隆基讳,故称之为酋龙。

⑤越嶲:郡名,治在今四川西昌。

⑥杜悰:杜佑之孙,武宗会昌初为淮南节度,后入相,出为剑南东川节度,又徙西川节度。懿宗时拜司空、邠国公,出为凤翔、荆南节度,加兼太傅。年八十卒。赠太师。

⑦泸水:今四川雅砻江下游汇入金沙江一段。

⑧清平官:南诏官名,位同宰相。

⑨邛(qióng)崃关:在今四川雅安南荣经县西,有邛崃山,山西麓有关隘,名邛崃关,为古代入凉山和云南的重要关口。

宣宗时,党项叛扰①。推其由,乃边将贪暴,利其羊马,多欺取之。始用右谏议大夫李福为夏州节度②,刑部侍郎毕诚为邠宁节度③,大理卿裴识为泾原节度④。发日,临轩戒敕。

【注释】

①党项:我国西北地区羌族的一支,自南北朝末期至南宋中期活跃于今四川西北至青海河曲一带山谷间。唐安史之乱后,又迁于宁夏一带,往往侵入内地。

②李福:文宗大和七年(833)登进士第,后由其兄宰相李石荐授监察御史,又进右谏议大夫。夏州:治所在今陕西榆林西南横山,原属朔方节

度使。

③毕诚:宣宗时召为翰林学士、中书舍人,迁刑部侍郎。党项屡扰河西,宣宗召毕诚即援引古今论列破羌之状,即用毕诚为邠宁节度。

④裴识:裴度之子,以荫授官,宣宗时累官至大理卿。泾原节度:治泾州、管泾、原、渭、武四州。泾州即今甘肃泾川县治。

　　令狐公绹①,文公楚之子也。自翰林入相,最承恩泽。先是宣宗诏诸州刺史,秩满不得径赴别郡,须归朝奏对后,许之任。绹以随、房邻地②,除一故旧,径令赴州③。上览《谢上表》④,因问绹曰:"此人缘何得便之任?"对曰:"比近换守,庶几其便于迎送。"上曰:"朕以比来郡守因循,故令至京师,亲问其施设优劣,将行黜陟⑤。此令已行而复变之,宰相可谓有权。"时方寒,绹汗透重裘。上留意郡守,凡选尤难其人⑦。

【注释】

①令狐公绹:令狐绹。父令狐楚,文宗开成元年(836)检校左仆射、兴元尹,充山南西道节度使。二年(837)卒,谥号文,故下文称"文公楚"。令狐绹于太和四年(830)登进士第。会昌五年(845)出为湖州刺史。宣宗大中二年(848),召充翰林学士。三年拜御史中丞。后转户部侍郎改兵部侍郎、同中书门下平章事,登相位。

②随、房邻地:随州治所在今湖北随州。房州治所在今湖北房县,在随州之西,故曰邻地。

③除一故旧,径令赴州:调任一熟人从随州径直到房州(或从房州径直往随州)上任。

④《谢上表》:新调任官员要上表皇帝表示谢恩。

⑤黜陟(zhì):选拔辞降官员。

宣宗在位逾一纪①,忧勤无怠。天下虽小康,而间水旱。又宣、洪、潭、青、广等数郡军乱②,盖将帅失于统御,而不日安辑。时称"小太宗"。

【注释】

①一纪:十二年为一纪。

②宣、洪、潭、青、广:宣即宣城郡,又作宣州,治所在今安徽宣州。洪即豫章郡,又作洪州,治所在今江西南昌。潭即长沙郡,又作潭州,治所在今湖南长沙。青即北海郡,又作青州,治所在今山东历城。广即南海郡,又作广州,治所在今广东广州。

王尚书式①,仆射起之子,见重于武宗。尝自荐于上,称有文武才。式有武干,善用兵。既平浙东②,徐州温璋失守③,朝廷以彭门频年逐帅④,乃自河阳移式,领河阳全军赴任,驻军境外而缓进。徐州将士自王智兴后⑤,骄横难制。其银刀都父子相承⑥,每日三百人守卫,皆露刃坐于两廊夹幕下,稍不如意,相顾笑议于饮食间,一夫号呼,众卒相和。节度多懦怯,闻乱则后门逃去,如是且久。闻式至境,先遣衙队三百人远接。式衩衣坐胡床受参⑦,乃问其悖慢之罪,命尽斩于帐前。既而后来者莫知前者已死。又斩之。数日,银刀都数千人殆尽。徐州军士平居自恃吞噬,及式衣袄子半臂,曳履危坐,拱手栗缩就死,无一人敢拒者。其后亲戚相讶,不能自知焉。式既视事,馀党并远配,郡中少安矣。

【注释】

①王尚书式：王式，成通三年为检校工部尚书，徙武宁节度使，故称王尚书，为王起次子，王起于文宗时以检校尚书右仆射为山南东道节度使，故下文称"仆射起之子"。

②平浙东：指王式于成通元年在浙东镇压裘甫的农民起义。

③温璋：以荫入仕，累佐使府，历三郡刺史。成通末年为徐泗节度使，徐州兵乱，节度使温璋被逐。

④彭门：彭城，唐徐州为汉彭城郡。

⑤王智兴：少时为徐州衙卒，后为徐州将。穆宗时充武宁军节度副使、河北行营都知兵马使。文宗时，以讨贼功，加检校司徒，同平章事，又累至汴州刺史、宣武军节度、宋亳汴颍观察等使。开成元年(836)卒。

⑥银刀都：为王智兴建立的亲兵卫队。

⑦胡床：可折叠的交椅，起源于西北民族，故称胡床。

郭尚书元振，始为梓州射洪尉，征求无厌，至掠部人卖为奴婢者甚众。武后闻之，使籍其家，唯有书数卷。后令问其资财所在①，皆以济人为对，于是奇而免之。大足年间②，迁凉州都督③。元振风神伟壮，善于抚御。在凉州五年，夷夏畏慕，令行禁止，牛羊被野，路不拾遗。诸蕃闻风请朝献。唐兴以来，善为凉州者，郭居其最。

【注释】

①后：指武后。

②大足：武则天年号，公元701年。

③凉州：治所在今武威。

39

姚崇以拒太平公主①,为申州刺史②,玄宗深德之。太平既诛,征为同州刺史③。素与张说不叶④,说讽赵彦昭弹之⑤,玄宗不纳。俄校猎于渭滨⑥,密令会于行所。玄宗谓曰:"卿颇猎乎?"崇对曰:"此臣少所习也。臣年三十,居泽中,以呼鹰逐兔为乐,犹不知书。张璟藏谓臣曰:'君当位极人臣,无自弃也。'尔来折节读书,以至将相。臣少为猎师,老而犹能。"上大悦,与之偕为臂鹰⑦,迟速在手,动必称旨。玄宗欢甚,乐则割鲜,闲则咨以政事,备陈古今理乱之本上之,可行者必委曲言之。玄宗心益开,听之亹亹忘倦⑧。军国之务,咸访于崇。崇罢冗职,修旧章,内外有叙。又请无赦宥,无度僧,无数迁吏,无任功臣以政。玄宗悉从之,而天下大理。

【注释】

①太平公主:唐高宗与武后之女,武后以其"类我",独加宠爱。玄宗为太子时,太平公主干政。姚崇与宋璟奏请遣公主出赴东都,又出诸王为刺史。睿宗把这个意思告诉公主,公主怒,太子害怕。于是太子上疏以姚、宋"离间兄弟,请加罪"。睿宗便贬姚崇为申州刺史。

②申州:又称义阳郡,治所在今河南信阳。

③同州:又称冯翊郡,治所在今陕西大荔。

④张说:玄宗为太子时,已蒙礼遇。太平公主用事时,张说请太子监国,深谋划策,竟靖内难,为开元功臣,前后三秉大政,掌文学之任凡三十年,当代无能及者。但因与姚崇有矛盾,于开元初曾被姚崇构陷,出为相州刺史。

⑤赵彦昭:睿宗时出为宋州刺史,后又入为吏部侍郎,迁御史大夫。赵彦昭与张说为友好,故张说利用赵彦昭弹劾姚崇。后姚崇执政,贬为

江州别驾。

⑥渭滨:指渭水之滨,即陕西西部渭河沿岸一带。

⑦臂鹰:也称架鹰、举鹰,用前臂把鹞举起来。这是驯鹰的一种方法。

⑧叠叠:不倦貌。

李当尚书镇南梁[1],境内多有朝士庄产[2],子孙侨寓其间,而不肖者相效为非。前牧以其各有阶缘[3],弗克禁止,闾巷苦之。当严明有断,处分宽织篾笼。召其尤者[4],诘其家世谱第,在朝姻亲,乃曰:"郎君藉如是地望[5],作如此行止,无乃辱于存亡乎?今日所惩,贤亲眷闻之,必赏老夫。勉旃。"遽命盛以竹笼,沉于汉江。由是其侪惕息,各务戢敛焉。崔珏二子凶恶,节度使刘都尉判之曰:"崔氏二男,荆州三害。"不免行刑也。

【注释】

①李当:于懿宗咸通初由户部侍郎出为河南尹,咸通十二年(871)迁左丞,十三年(872)贬为道州(今湖南道县)刺史。僖宗乾符中官至刑部尚书。

②朝士:泛指中央的官吏。庄产:庄园,田产。

③前牧:指李当以前的州牧(刺史)。

④尤者:指典型的人。

⑤地望:地位和名望。

刘忠州晏[2],通百货之利,自言如见地上钱流。每入朝乘马,则为鞭算[3]。尝言"居取安便,不务华屋;食取饱适,不务多品;马取稳健,不务毛色"。

【注释】

①刘忠州晏:刘晏,唐代著名的经济改革家和理财家,天宝十四载起任度支郎中兼侍御史,其后肃宗至代宗二十年间长期任度支、盐铁、转运等使,并曾任宰相,实施了一系列财政改革措施,为安史之乱后的唐朝经济发展做出了重要的贡献。大历十四年(779)总管全国财政。不久杨炎入相,借故贬刘晏为忠州刺史,后又诬刘晏谋反,被赐死。刘晏晚年任职忠州,并被诬以忠州谋反,时人为之冤,故又称刘忠州。

②鞭算:指刘晏在上朝途中用马鞭计算赋税收入。

卷二·文学

王勃凡欲作文①，先令磨墨数升，饮酒数杯，以被覆面而寝。既寤②，援笔而成，文不加点，时人谓为腹稿也。

【注释】

①王勃：初唐四杰之一。王勃出身于豪门望族，又才华早露，年轻的王勃恃才傲物，为僚吏所嫉。赴交趾省视其父时道至南昌，在都督筵席上即席作《滕王阁序》，都督惊为天才。后渡海溺水惊悸而亡，年二十九。

②寤：睡醒。

骆宾王年方弱冠①，时徐敬业据扬州而反②，宾王陷于贼庭③，其时书檄皆宾王之词也。每与朝廷文字，极数伪周。天后览之④，至"蛾眉不肯让人，狐媚偏能惑主"，初微笑之。及见"一抔之土未干⑤，六尺之孤安在"乃不悦，曰："宰相因何失如此之人！"盖有遗才之恨。

【注释】

①骆宾王：初唐四杰之一。高宗末年，迁临海县丞，不得志而辞官。睿宗文明元年(684)，与徐敬业据扬州起兵讨武后，作《代李敬业传檄天下文》。徐敬业败，骆宾王亡命，不知所终。弱冠：古时男子年二十岁行冠礼，故二十岁左右称弱冠。

②徐敬业:李敬业。本姓徐,高祖时赐姓李,承袭祖父李勣英国公爵位。武则天废唐中宗立睿宗,临朝称制,徐敬业于扬州起兵讨伐武后。武后遣李孝逸讨平徐敬业。

③贼庭:对叛军的蔑称。

④天后:武则天。唐高宗永徽六年废王皇后改立武则天为后,高宗称天皇,武后称天后。

⑤一抔:双手一掬为一抔。

开元二年春,上幸宁王第①,叙家人礼。乐奏前后,酒食沾赉,上不自专,皆令禀于宁王。上曰:"大哥好作主人,阿瞒但谨为上客。"^{上禁中常自称阿瞒}明日,宁王与岐、薛同奏曰②:"臣闻起居注必记天子言动③,臣恐左右史记叙其事。四季朱印联^{此上文有脱误}牒送史馆,附依外史。"上以八分为答诏④,谢而许之。至天宝十二载冬季,成三百卷。率以五十幅黄麻为一轴,用雕檀轴紫龙凤绫标。宁王每请百部纳于史馆。上命宴侍臣以宠之。上宝惜此书,令别起阁贮之。及禄山陷长安,用严、高计^{禄山谋主严庄、高尚等}未升宫殿,先以火千炬焚是阁,故《玄宗实录》百不叙其三四,是以人间传记尤鲜。

【注释】

①宁王:指睿宗长子李成器,中宗时封宋王,玄宗即位后改名宪,封为宁王。

②岐、薛:岐即岐王,睿宗四子,本名隆范,避玄宗连名改单名范,睿宗时进封岐王。薛即薛王,睿宗五子,本名隆业,后单名业,睿宗时进封薛王。

③起居注:本为官名,掌侍皇帝起居,记述其言行。唐代称起居郎,其所记之文即名"起居注"。

④八分:一种书法的名称,即隶书。玄宗善八分书体,故因此亲自用八分体写诏书。

郑虔①,天宝初协律,采集异闻,著书八十馀卷。人有窃窥其稿草,上书告虔私修国史,虔遽焚之,由是贬谪十馀年,方从调选,授广文馆博士。虔所焚稿既然无别本,后更纂录,率多遗忘,犹成四十馀卷。书未有名,及为广文馆博士,询于国子司业苏源明②。源明请名为《会粹》,取《尔雅序》"会粹旧说"也③。西河太守卢象赠虔诗云:"书名《会粹》才偏逸,酒号屠苏味更醇④。"即此也。

【注释】

①郑虔:天宝初为协律郎,属太常寺,职司乐律祭奠。后入国子监,为广文馆博士,又迁著作郎。

②国子司业:国子监司业,掌邦国儒学训导之政令。苏源明:天宝间为国子司业,与杜甫、郑虔、元结等交,后以秘书少监卒。

③《尔雅序》:晋郭璞作,其序有"会粹旧说"句。

④屠苏:草名,古人以此酿屠苏酒,有正月一日喝屠苏酒避邪的旧俗。

裴晋公平淮西后①,宪宗赐玉带。临薨,欲还进,使记室作表②,皆不惬。乃令子弟执笔,口占状曰:"内府珍藏,先朝特赐。既不敢将归地下,又不合留向人间,谨却封进。"闻者叹其简切而不乱。

【注释】

①裴晋公：裴度。平淮西：自安史之乱结束后，形成藩镇割据局势。淮西节度使治蔡州，宪宗元和九年（814）吴元济自立为节度，发兵叛乱，占领河南南部一带，并与河北及山东藩镇勾结。宪宗以裴度为主帅率军讨伐，终于在元和十二年（817）平淮西，俘吴元济。

②记室：官名。诸王、三公及大将军都设有记室令史，掌章表书记文檄。

晋公贞元中作《铸剑戟为农器赋》，首云："皇帝之嗣位十三载，寰海既清，方隅砥平。驱域中尽归力穑，示天下不复用兵。"宪宗平诸镇①，几至太平，正当元和十三年。而晋公以儒生作相，竟为章武佐命②。

【注释】

①宪宗平诸镇：指裴度平淮西后，河北诸镇亦相继归顺。

②章武：宪宗，宪宗谥"圣神章武孝皇帝"。

刘禹锡曰①：为诗用僻字，须有来处。宋考功云②："马上逢寒食，春来不见饧③。"常疑之。因读《毛诗郑笺》说吹箫处④，注云："即今卖饧者所吹。"六经惟此中有"饧"字⑤。吾缘明日重阳⑥，押一"餻"字⑦，续寻思六经竟未见有餻字，不敢为之。尝讶杜员外"巨颡折老拳"无据⑧，及览《石勒传》云⑨："卿既遭孤老拳，孤亦饱卿毒手。"岂虚言哉！后辈业诗，即须有据，不可率尔道也。

【注释】

①刘禹锡:唐代文学家。工诗能文,有《刘宾客集》传世。

②宋考功:宋之问,唐代文学家。宋之问曾官考功员外郎,故名。

③马上逢寒食,春来不见饧:沈佺期原诗作:"岭外无寒食,春来不见饧。"沈佺期为唐代文学家,与宋之问齐名,时人称为"沈宋",沈亦曾为考功员外郎。饧,即麦芽糖。

④《毛诗郑笺》:西汉时期的毛苌,毛亨父子所收集的《诗经》叫作《毛诗》,东汉郑玄笺注。

⑤六经:《诗》《书》《易》《乐》《礼》《春秋》,六部儒家经典合称"六经"。

⑥重阳:农历九月初九。

⑦餻:糕。"六经"中不曾出现这个字。

⑧杜员外:杜甫,曾任检校工部员外郎,故称。"巨颡折老拳"为杜甫《义鹘行》中诗句,上句是"修鳞脱远枝"。

⑨《石勒传》:指《晋书·石勒载记》。

韩文公与孟东野友善①。韩公文至高,孟长于五言,时号"孟诗韩笔"。元和中,后进师匠韩公,文体大变。又柳柳州宗元、李尚书翱、皇甫郎中湜、冯詹事定、祭酒杨公、李公皆以高文为诸生所宗②,而韩、柳、皇甫、李公皆以引接后学为务。杨公尤深于奖善,遇得一句,终日在口,人以为癖。长庆以来,李封州甘为文至精③,奖拔公心,亦类数公。甘出于李相国宗闵下④,时以为得人,然终不显。又元和以来,词翰兼奇者,有柳柳州宗元、刘尚书禹锡及杨公。刘、杨二人，词翰之外，别精篇什。又张司业籍善歌行⑤，李贺能为新乐府⑥，当时言歌篇者宗此二人。李相国程、王仆射起、白少傅居易兄弟、张舍人仲素为场中词赋之最⑦，言程试者宗此五人⑧。伯仲以史学继业⑨。藏书最多者，苏少常景凤、堂弟尚书涤，诸家无比，而皆以清望为后来所重。景凤登第，与堂兄特并时，世以为美。

【注释】

①韩文公：韩愈，死后谥曰文，故称韩文公。累官监察御史、史馆修撰、中书舍人、国子祭酒、京兆尹兼御史大夫等职。为古文运动的倡导人。孟东野：孟郊，字东野。与韩愈唱和于文酒之间。

②柳柳州宗元：柳宗元被贬柳州，又死于柳州，故后人称柳柳州。为古文运动的主将。李尚书翱：元和初，封国子博士、史馆修撰，为文力主务实。后累官至户部尚书、山南节度使。皇甫郎中湜：皇甫湜，累官至工部郎中。师从韩愈，为文奔放不凡。冯詹事定：文宗时累官至太子詹事。有文名，宗古文。祭酒杨公：杨敬之，文宗时为国子祭酒。李公：李汉。李汉与韩愈为翁婿，师从韩愈，长于古学，文宗时累官御史中丞、吏部侍郎，后出为汾州刺史。

③李封州甘：李甘，文宗太和中累官至侍御史，以文辞气节知名。因直言轻肆，斥郑注求相，贬为封州司马，故称李封州。

④李相国宗闵：李宗闵，文宗时入相，故称李相国。

⑤张司业籍：张籍，仕终国子司业，故名张司业。初由韩愈荐为国子博士，有名之士皆与游。为诗长于乐府，多警句。

⑥李贺：因父讳不能参加进士科考，仅任小吏，后辞官隐居。其乐府词数十篇尤为时人讽诵。辞尚奇诡，无能效者。

⑦李相国程：李程贞，敬宗时累官入相。次年罢相。王仆射起：王起，武宗会昌四年（844），正拜左仆射。前后四典贡部，所选皆当代工词章之士，有名于时。白少傅居易兄弟：白居易、白行简两兄弟。

⑧程试：指科举考试的文字程式，为考试文章的规范。

⑨伯仲：指白居易、白行简两兄弟。

　　太宗尝出行，有司请载副书以从①。帝曰："不须。虞世南在②，此行秘书也③。"虞公为秘监，于省后堂集群书可为文章用者，号为《北堂书钞》④。后北堂犹存，而《书钞》盛行于世。

【注释】

①副书：指有重复之本的书，有别于正本而言。

②虞世南：原隋臣，炀帝时累授秘书郎，迁起居舍人。入唐后，官至秘书监。虞世南学识渊博，太宗尝称之有五绝：一德行，二忠直，三博学，四文辞，五书翰。

③行秘书：指能行走之图书馆。

④《北堂书钞》：虞世南所辑类书。摘录群书词句，供当时文人写诗文选词藻用，用类编排，共八百五十二类。

　　近代言乐，卫道弼为最，天下莫能以声欺者。曹绍夔与道弼为乐令①，比监郊享御史有怒于绍夔②，欲以乐不和为之罪，杂叩钟磬③，使暗别之，无误者，由是反叹服其能。洛阳有僧，房中磬子夜辄自鸣，僧以为怪，惧而成疾。求术士，百方禁之，终不能已。曹绍夔素与僧善，适来问疾，僧遽以告。俄顷，轻击斋钟，磬复作声。绍夔笑曰："明日盛设馔，余当为除之。"僧虽不信其言，冀其或效，乃置馔以待。绍夔食讫，出怀中错④，铲磬数处,其声遂绝。僧苦问其所以,绍夔曰:"此磬与钟律合⑤,故击彼应此。"僧大喜,其疾便愈。

【注释】

①乐令:官职,属太常寺,掌管调和钟律,以供邦国之祭祀享宴用。

②监郊享御史:官职,即监察御史,职务为监祭祀。

③钟磬:古代打击乐器。

④锴:锉刀。

⑤律合:声学上的共振、共鸣。

王维好佛①,故字摩诘。性高致,得宋之问辋川别业②,山水胜绝,清源寺是也。维有诗名,然好取人句。"行到水穷处,坐看云起时。"《英华集》中诗也③。"漠漠水田飞白鹭,阴阴夏木啭黄鹂。"李嘉祐诗也。

【注释】

①王维:开元九年(721)擢进士第,天宝末拜给事中。肃宗时转尚书右丞。以诗画名于世。因笃信佛教,有"诗佛"之称。

②宋之问:宋之问武后时召习艺馆,后附张易之,又附武三思,官至修文馆学士。中宗时贬汴州长史,睿宗时赐死。宋之问工诗,尤善言,与沈佺期齐名,时称"沈宋体"。

③《英华集》:《续古今诗苑英华集》的简称。共二十卷。

李翰文虽宏畅①,而思甚苦涩。晚居阳翟②,常从邑令求音乐。思涸则奏乐,神全则缀文。

①李翰:李华之子。天宝末为史官。安史之乱,客居宋州,肃宗时,李翰上表述张巡死守睢阳之功,张巡大节得以大白于世。翰后迁左补阙、翰林学士。

②阳翟:今河南禹县。

大历已后①,专学者,有蔡广成《周易》,强蒙《论语》,啖助、赵匡、陆质《春秋》②,施士匄《毛诗》,袁彝、仲子陵、韦彤、裴茝讲《礼》,章庭珪、薛伯高、徐润并通经。其馀地里则贾仆射③,兵赋则杜太保④,故事则苏冕、蒋义⑤,历算则董纯⑥,天文则徐泽,氏族则林宝⑦。

【注释】

①大历:唐代宗年号,公元766年至779年。

②啖助:天宝末年调临海尉、丹杨主簿。啖助博通经学,长于《春秋》之学,以十年之功,撰成《春秋集传》和《春秋统例》二书,后又由其弟子赵匡和陆质加以补充完善。

③贾仆射:贾耽。天宝中举明经,累进汾州刺史。德宗贞元九年,以尚书右仆射同中书门下平章事。顺宗时进检校司空、左仆射。著有《海内华夷图》《古今郡国县道四夷述》《贞元十道录》等。

④杜太保:杜佑。代宗大历间以户部侍郎判度支。德宗建中时诏拜尚书右丞,出为淮南节度使,又授检校尚书左仆射、同中书门下平章事。贞元十九年,拜司空,宪宗时,拜司徒。后以拜光禄大夫、守太保致仕。《通典》其中有《礼典》一百卷、《兵典》十五卷、《食货典》十二卷。

⑤蒋义:贞元九年(793)转右拾遗,充史馆修撰。元和中,监修国史,

迁秘书监,在朝三十年,居史官二十年。

⑥董纯:董和,避宪宗讳改名和。善历算。

⑦林宝:宪宗时官至朝议郎、太常博士。

楚僧灵一①,律行高洁而能为诗。吴僧皎然②,一名昼一,工篇什,著《诗评》三卷。及卒,德宗遣使取其遗文。中世文僧,二人首出。

【注释】

①楚僧灵一:本姓吴,居余杭宣丰寺。禅诵之暇,辄赋诗歌。与朱放、张继、皇甫曾诸人为尘外友。广陵即今扬州,古为楚地,故称楚僧。

②吴僧皎然:本姓谢,长城人,谢灵运十世孙也。居杼山,文章隽丽,颜真卿、韦应物并重之,与之酬唱。贞元中,敕写其文集,入于秘阁。诗七卷。长城郡治在今浙江长兴县,古为吴地,故称吴僧。

进士为时所尚久矣①,俊乂实在其中②。由此者为闻人,争名常切,为俗亦弊。其都会谓之举场。通称谓之秀才③。投刺谓之乡贡④。得第谓之前辈。相推敬谓之先辈。俱捷谓之同年。有司谓之座主。京兆考而升之谓之等第。外府不试而贡谓之拔解。各相保任谓之会保。群居而试谓之私试。造请权要谓之关节。激扬声问谓之往还。既捷,列其姓名慈恩寺谓之题名。会醵为乐于曲江亭谓之曲江宴。籍而入选谓之春关⑤。不捷而醉饱谓之打毷氉⑥。飞书造谤谓之无名子。退而肄习谓之过夏。执业以出谓之秋卷。挟藏入试谓之书策。此其大略。其风欲系于先进,其制置存于有司。虽然,贤者得其大者,故位极人臣常有二三,登显列常有六七。而元鲁山、张睢阳有焉⑦,刘阐、元缟有焉⑧。

【注释】

①进士:古代科举制度中,科举殿试及第者,称为进士。隋代始设进士科,为读书人进入仕宦之途径。唐代发展了这一制度。

②俊乂:有才德之人。

③秀才:原为科举考试的科目,唐代初期有秀才、明经、进士、明法、明书、明算等科目,秀才科后废,秀才成为应考者之通称。

④乡贡:报考的学子没有推荐就先要在州县考试及格,然后才能到更高一级的尚书省参加吏部或礼部主持的考试,这些学子便称乡贡。

⑤春关:入选进士经过御批下敕,后由贡院写春关散给,注籍而入省,谓之春关。

⑥打氉氉(máo sào):祛除烦闷。

⑦元鲁山:元德秀。开元二十一年(733)登进士第。曾任鲁山县令,后人称元鲁山。有惠政,诚信化人。张睢阳:张巡。开元二十四年(736)登进士第。安禄山叛军围攻睢阳,张巡守城殉职,故后人称张睢阳。元、张二人为进士出身之贤者,为后人敬仰。

⑧刘阐:贞元登进士第。宪宗初(806)以剑南西川节度举兵叛。刘阐为进士出身之奸者,为后人诟骂。

元和已后①,文笔学奇于韩愈,学涩于樊宗师②。歌行则学流荡于张籍,诗章则学矫激于孟郊,学浅切于白居易,学淫靡于元稹③,俱名"元和体"。大抵天宝之风尚党,大历之风尚浮,贞元之风尚荡,元和之风尚怪也。

【注释】

①元和:唐宪宗年号,公元 806 年至 820 年。

②樊宗师:元和三年(808)授著作郎,后徙治绛州,进谏议大夫,未拜卒。富于学识,著《春秋传》《樊子》。

③元稹:元和四年(809)除右拾遗。后拜监察御史,卒赠尚书右仆射。工诗,与白居易友善,时称"元白"。穆宗时以《长安宫词》数十百篇传唱京师。

卷三 · 方正

狄梁公仁杰为度支员外郎①,车驾将幸汾阳宫②,仁杰奉使修供顿③。并州长史李玄冲以道出姹女祠④,俗称有盛衣服车马过者,必致风雷,欲别开路。仁杰曰:"天子行幸,千乘万骑,风伯清尘,雨师洒道,何姹女敢害而欲避之?"玄冲遂止,果无他变。上闻之,叹曰:"可谓真丈夫也。"后为冬官侍郎⑤,充江南安抚使。其风俗,岁时尚淫祀,庙凡一千七百馀所,仁杰并令焚之。有项羽庙,吴人所惮。仁杰先檄书,责其丧失江东八千子弟,而妄受牲牢之荐,然后焚之。

【注释】

①狄梁公仁杰:狄仁杰,高宗初年授大理丞,断狱以平恕称。毁姹女祠即在其时。后出为宁州刺史、抚和戎夏,寻征为冬官侍郎,充江南巡抚,奏毁淫祠一千七百所,本条所记为二事合记。武后天授二年,召为相,次年为来俊臣所陷,贬彭泽令。后契丹作乱,复召为相。睿宗时追封梁国公。度支员外郎:度支员外郎为从六品上,在户部掌天下租赋。

②车驾:代指皇帝。汾阳宫:隋汾阳故宫,隋炀帝建,山上有天池,在今山西静乐北管涔山上。

③供顿:供应食宿及行旅所需之物。

④并州:治所在今山西阳曲。李玄冲:又作"李冲玄"。

⑤冬官:工部,武则天时中央机构。

崔祐甫为中书舍人①，时宰相常衮当国②，祐甫每见执政问事，未曾屈。舍人岑参掌诰③，屡称疾不入宿直，人情虽惮而不敢发。崔独入见，以舍人移疾既多，有同离局。衮曰："此子羸病日久，诸贤岂不能容之？"崔曰："相公若知岑舍人抱疾，本不当迁授。今既居此，安可以疾辞王事乎？"衮默然无以夺也，由是心衔之。及德宗在谅闇中，衮矫制除崔为河南少尹。上觉其事，遽追还之，拜中书侍郎平章事，而衮谪于岭外。

【注释】

①崔祐甫：代宗时自起居舍人累迁中书舍人。德宗初拜门下侍郎，同中书门下平章事。俄改中书侍郎。崔祐甫性刚直，荐拔人才，常衮辄驳异，而崔祐甫不为下。

②常衮：代宗永泰元年（765）迁中书舍人。大历元年（768）为礼部侍郎，后为门下侍郎、同平章事，居相位，总领中书省，与崔祐甫累至忿竞。

③岑参：诗人，以边塞诗著称。

韩太保皋为御史中丞、京兆尹①，常有所陈，必于紫宸殿对百寮而言②，而未尝诣便殿。上谓之曰："我与卿言，于此不尽，可来延英。"访及大政，多所匡益。或谓皋曰："自乾元以来③，群臣启事皆诣延英得尽，公何独于外庭对众官以陈之，无乃失于慎密乎？"公曰："御史，天下之平也。摧刚植柔，惟在于公，何故不当人知之？奈何求请便殿，避人窃语，以私国家之法？且肃宗以苗晋卿年老艰步④，故设延英，后来得对者多私自希宠，干求相位，奈何以此为望哉！"

【注释】

①韩太保皋:韩皋,韩滉之子,德宗累官御史中丞、尚书右丞、兵部侍郎、京兆尹。穆宗时正拜尚书右仆射,转左仆射,卒赠太子太保。

②紫宸殿:为大明宫的内朝正殿,在宣政殿北紫宸门内。

③乾元:肃宗年号,公元758年至759年。

④苗晋卿:历玄宗、肃宗、代宗三朝。玄宗时由宪部尚书退休。肃宗诏拜为左相。收两京后以功封韩国公。以年迈屡乞退,不许,允于延英议事。代宗永泰元年(765)卒。

代宗时久旱,京兆尹黎幹于朱雀门街造龙①,召城中巫觋舞雩②。幹与巫觋更起舞,观者骇笑。经月不雨,幹又请祷于文宣王③。上闻之曰:"丘之祷久矣④。"命毁土龙,罢祈雨,减膳节用,以听天命。及是大霈⑤,百官入贺。

【注释】

①黎幹:以明晓星纬数术入仕。代宗初年为京兆尹,出为桂管观察使,大历八年(773)复召为京兆尹,造龙祈雨即在此时。德宗时厚结中官刘忠翼图高位,事发,除名长流,俄赐死蓝田驿。

②巫觋:为人祷祝能见鬼神者,男称觋,女称巫。雩:为求雨而举行的祭祀。

③文宣王:孔子。唐开元二十七年(739),追谥孔子为文宣王。

④丘之祷久矣:原为孔子语,见《论语·述而》。意思是说:我早就祈祷过了。

⑤霈:雨盛的样子。

柳元公初拜京兆尹①,将赴上,有神策军小将乘马不避②,公于市中杖杀之。及因入对,宪宗正色诘专杀之状。公曰:"京兆尹,天下取则之地。臣初受陛下奖擢,军中偏裨跃马冲过,此乃轻陛下典法,不独试臣。臣知杖无礼之人,不知打神策军将。"上曰:"卿何不奏?"公曰:"臣只会决,不合奏。"曰:"既死,合是何人所奏?"公曰:"在街中,本街使金吾将军奏③;若在坊内,则左右巡使奏。"上乃止。

【注释】

①柳元公:柳公绰,宪宗元和十一年(816)拜京兆尹。十四年(819)起为刑部侍郎、领盐铁转运使;转兵部侍郎兼御史大夫、领使如故。穆宗长庆元年(821)复为京兆尹、兼御史大夫。柳公绰两任京兆尹。杀神策军将当在初任京兆尹之时。

②神策军:皇帝的禁卫军之一。自永泰元年(765)以后,神策军多以中官太监为帅。贞元(785)以后神策军护军中尉权倾天下。

③金吾将军:武职官员等级阶位的称号,左右金吾卫掌宫中及京城昼夜巡警之法。

武宗数幸教坊作乐①,优倡杂进②。酒酣,作技谐谑,如民间宴席,上甚悦。谏官奏疏,乃不复出③,遂召优倡入,敕内人习之。宦者请令扬州选择妓女,诏扬州监军取解酒令妓女十人进入④。监军得诏,诣节度使杜悰,请同于管内选择。悰曰:"监军自承旨。悰不奉诏书,不可擅预椒房事⑤。"监军怒,奏之,宦者请并下悰。上曰:"不可。藩方取妓女入宫掖,非禹、汤所为,斯极细事,岂宜诏大臣?杜悰累朝旧德,深得大体,真宰相也。"及惊入相,中谢。上曰:"昨诏淮南监军选择酒令妓女,欲因行幸,举酒为乐耳。音声使奏,偶然下命。朕德化未被,而色荒外闻,赖卿不徇苟且;不然,天下将献纳取悦,朕何由得知?报卿忠谠,命卿作相,内怀自贺,如得魏徵。"

【注释】

①教坊:唐代设置于宫廷内供学习和演出歌舞的处所。由内官太监充使。

②优倡:指表演歌舞的人。

③乃不复出:指武宗不再从禁苑中出幸教坊。

④监军:唐代各节度使均置监军,由皇帝派出太监充任。当时的淮南节度使治扬州。

⑤椒房:指后妃居住的宫室。

懿宗迎佛骨①,自凤翔至内②,礼仪盛于郊祀③。中出一道,夹以连索,不得辄有犯者。车马相接,缔以组绣,缘路迎拜,数十里不绝。天子亲幸安福楼④,以锦彩成桥,骨至,即降楼,礼讫,然后迎入禁中,置于安国寺⑤。宰相以下施财不可胜计。百姓竞为浮图⑥,以至失业。明年,懿宗崩。京兆尹薛逢毁之无遗。

【注释】

①佛骨:佛舍利。

②凤翔:扶风郡,肃宗时改置凤翔府,号为西京。佛骨原在凤翔法门寺,即今陕西扶风法门寺。20世纪80年代中期法门寺重修护国真身塔,

发现法门寺地宫中秘藏有佛舍利及大批唐代珍贵文物,现法门寺内已建馆珍藏。

③郊祀:古代于郊外祭祀天地,南郊祭天,北郊祭地。郊谓大祀,祀为群祀。

④安福楼:长安城中皇城西面二门,南为顺义门,北为安福门,安福楼即为安福门上城楼。

⑤安国寺:在皇城东朱雀门街东,睿宗景云元年建安国寺,懿宗迎佛骨于此做道场三日。

⑥浮图:专指高塔。

太宗得鹞子俊异①,私自臂之,望见魏公②,乃藏于怀。公知之,遂前白事,因话自古帝王逸豫③,微以为讽。上惜鹞子恐死,而又素严惮徵,欲尽其言。徵语愈久,鹞竟死怀中。

【注释】

①鹞子:小型猛禽,能捕食小鸟、野兔、蛇、昆虫幼虫。

②魏公:魏徵。

③逸豫:贪于安乐。

徐大理有功①,每见武后将杀人,必据法廷争。尝与武后反复,词色愈厉。后大怒,令拽出斩之,犹回顾曰:"身虽死,法终不可改。"至市,临刑得免,除为庶人。如是再三,终不挫折。朝廷倚赖,至今犹忆之。其子预选,有司皆曰:"徐公之子,安可拘以常调乎?"

【注释】

①徐大理有功：徐有功，执法公正，不以私害公，为枉者申冤，虽护法三次被罢官，而执志不渝。

武三思得幸于中宫①，京兆人韦月将等不堪愤激，上书告白其事。中宗惑之，命斩月将。黄门侍郎宋璟执奏，请按而后刑。中宗愈怒，不及整衣履，岸巾出侧门，迎璟谓曰："朕以为已斩矣，何以缓之？"命促斩。璟曰："人言宫中私于三思，陛下竟不问而斩月将，臣恐有窃议。"固请按而后刑。中宗大怒。璟曰："请先斩臣，不然，终不奉诏。"乃流月将于岭南，寻使人杀之。

【注释】

①武三思：武则天兄长武元庆之子，武则天称帝后任夏官尚书、春官尚书等职，封梁王，专擅威福。中宗神龙初（705），进拜司空、同中书门下三品，寻拜左散骑常侍。后与韦后及上官昭容乱，欲废太子，为太子率羽林军所杀。中宫：为皇后所居，以别于东、西二宫，此处代指唐中宗的韦皇后。

宋璟，则天朝以频论得失，不能容；而惮其公正，乃止敕璟往扬州推按。奏曰："臣以不才，叨居宪府①，按州县乃监察御史事耳②，今非意差臣，不识其所谓，请不奉制。"无何，复令按幽州都督屈突仲翔③。璟复奏曰："御史中丞，非军国大事不当出。且仲翔所犯赃污耳，今高品有侍御史④，卑品有监察御史，今敕臣，恐陛下有危臣之意，请不奉制。"月馀，优诏令副李峤使蜀⑤。峤喜，召璟曰："叨奉渥恩，与公同谢。"璟曰："恩制示礼教，不以

61

礼遣璟,璟不当行,谨不谢。"乃上言曰:"以臣副峤,何也?恐乖
朝廷故事,请不奉制。"易之等冀璟出使⑥,当别以事诛之。既不
果,伺璟家有婚礼,将刺杀之。有密以告者,璟乘车舍于他所,
乃免。易之寻伏诛。

【注释】

①宪府:宋璟于武则天朝时任左御史台中丞,御史台又称宪台、
宪府。

②监察御史:御史台置监察御史十五人,正八品下,掌分察巡按郡县
诸事。

③屈突仲翔:屈突俭之子。神龙中,复守瀛州。瀛州,治今河北河
间县。

④侍御史:从六品下,位监察御史之上。

⑤李峤:高宗时累迁给事中,武后、中宗朝,屡居相位,封赵国公。睿
宗时,左迁怀州刺史。玄宗即位,贬滁州别驾,改庐州别驾。

⑥易之:张易之,与弟张昌宗同为武则天佞臣及内宠。

卷三·雅量

狄梁公与娄师德同为相①,狄公排斥师德非一日。则天问狄公曰:"朕大用卿,卿知所自乎?"对曰:"臣以文章直道进身,非碌碌因人成事。"则天久之曰:"朕比不知卿,卿之遭遇,实师德之力。"因命左右取筐箧,得十许通荐表②,以赐梁公。梁公阅之,恐惧引咎,则天不责。出于外曰:"吾不意为娄公所涵,而娄公未尝有矜色③。"

【注释】

①狄梁公:狄仁杰。娄师德:高宗时频有战功,迁殿中侍郎史兼河源军司马,知营田事。武则天天授初,迁左金吾将军兼检校丰州都督,仍旧知营田事。后拜夏官(兵部)侍郎判尚书事。

②十许通:十多篇。通:量词,份、篇。

③矜色:骄傲的神情。

郑公尝拜扫还,白太宗:"人言陛下欲幸山南,在外悉装束,而竟不行,何有此消息?"帝笑曰:"当时有心,畏卿等嗔,遂停耳。"

皇甫德参上书,言:"陛下修洛阳宫,是劳人也;收地租,厚敛也;俗尚高髻,是宫中所化也。"太宗怒曰:"此人欲使国家不收一租,不役一人,宫人无发,乃称其意!"魏徵进曰:"贾谊当汉文帝之时①,上书曰:'可痛哭者三,可长叹者五。'自古上书,率为激切。不激切,则不能动人主之心;激切,则似谤讪。所谓'狂夫之言,圣人择焉'。惟在陛下裁察。今苟责之,则于后谁敢言?"乃赐绢二十匹,命归。

【注释】

①贾谊:汉文帝时人,少有文名,初被召为博士,超迁至太中大夫,制法度,兴礼乐。帝欲任为公卿,后遭谗言,出为长沙王太傅,又迁为梁怀王太傅。死时年仅三十三。

韦丹少在洛阳①,尝至中桥,见数百人喧集水滨,乃渔者网得大鼋②,系之桥柱。丹不忍,问曰:"几钱可赎?"曰:"五千。"丹曰:"吾驴直三千可乎?"于是与之。放鼋于水,徒步而归。

【注释】

①韦丹:历德宗、顺宗、宪宗诸朝,曾任容州刺史、谏议大夫、江南西道观察使。

②鼋:大鳖。

卷三·识鉴

　　贞观二十年，王师旦为员外郎。冀州进士张昌龄、王公瑾并有文辞，声振京邑①。师旦考其策为下等②，举朝不知所以。及奏等第，太宗怪问无昌龄等名。师旦对曰："此辈诚有华词，然其体轻薄，文章浮艳，必不成令器③。臣擢之，恐后生仿效，有变陛下风俗。"上深然之。后昌龄为长安尉，坐赃解，而公瑾亦无所成。

【注释】

①京邑：京都地区。

②策：古代科举考试中殿试的主要内容，包括策论和策问。

③令器：指能成大器、成大事的优秀人才。

　　中宗尝召宰相苏瓌、李峤子进见①。二子皆同年。上曰："尔宜记所通书言之。"瓌子颋应曰："木从绳则正，后从谏则圣。"峤子亡其名，亦进曰："斲朝涉之胫，剖贤人之心。②"上曰："苏瓌有子，李峤无儿。"

【注释】

①苏瓌（guì）：武则天长安中，累迁扬州大都督府长史，中宗神龙初（705）入为尚书右丞。再迁户部尚书、吏部尚书。景龙三年（709）转尚书

右仆射,同中书门下三品,进封许国公。

②斩朝涉之胫,剖贤人之心:暴君酷虐残民之典。指殷纣王斩断涉水过河人的腿,剖取大臣比干的心脏。

代宗宽厚出于天性。幼时,玄宗每坐于前,熟视之,谓武惠妃曰:"此儿有异相,亦是吾家一有福天子。"

裴宽尚书罢郡,西归汴中,日晚维舟,见一人坐树下,衣服故敝。召与语,大奇之,谓"君才识自当富贵,何贫也?"举船钱帛奴婢与之,客亦不让。语讫上船,奴婢偃蹇者鞭扑之,裴公益以为奇,其人乃张建封也。

吴兴僧昼①,字皎然,工律诗。尝谒韦苏州②,恐诗体不合,乃于舟抒思,作古体十数篇为献。韦皆不称赏,昼一极失望。明日,写其旧制献之。韦吟讽,大加叹赏。因语昼一云:"几致失声名,何不但以所工见投,而猥希老夫之意?人各有所得,非卒能致。"昼一服其能鉴。

【注释】

①吴兴:治所即今浙江湖州。

②韦苏州:韦应物,唐代诗人,德宗时为苏州刺史,有惠政,故名。其诗以闲逸著称。

裴晋公为相①,布衣交友,受恩子弟,报恩奖引不暂忘。大臣中有重德寡言者,忽曰:"某与一二人皆受知裴公。白衣时约他日显达②,彼此引重。某仕宦所得已多,然晋公有异于初,不以辅佐相许。"晋公闻之,笑曰:"实负初心。"乃问人曰:"曾见灵芝、珊瑚否?"曰:"此皆希世之宝。"又曰:"曾游山水否?"曰:"名山数游,唯庐山瀑布状如天汉③,天下无之。"晋公曰:"图画尚可悦目,何况亲观?然灵芝、珊瑚,为瑞为宝可矣,用于广厦,须杞、梓、樟、楠;瀑布可以图画,而无济于人,若以溉良田,激碾硙,其功莫若长河之水。某公德行文学、器度标准,为大臣仪表,望之可敬;然长厚有馀,心无机术、伤于畏怯,刲割多疑④。前古人民质朴,征赋未分,地不过数千里,官不过一百员,内无权幸,外绝奸诈。画地为狱,人不敢逃;以赭染衣,人不敢犯。虽曰列郡建国,侯伯分理,当时国之大者,不及今之一县,易为匡济。今天子设官一万八千,列郡三百五十,四十六连帅,八十万甲兵,礼乐文物,轩裳士流⑤,盛于前古。材非王佐,安敢许人!"

【注释】

①裴晋公:裴度。

②白衣:指无功名或无官职的士人。

③天汉:古时称天上的银河为天汉。

④刲:专。

⑤轩裳:指当官的、有地位的人。

太宗令卫公教侯君集①,君集言于帝曰:"李靖将反矣!至微隐之术,辄不以示臣。"帝以让靖。靖曰:"此乃君集反尔!今中夏乂安,臣之所教,足以制四夷矣,而求尽臣之术者,将有他心焉。"

高宗时,群蛮聚为寇,讨之辄不利,乃除徐敬业为刺史。府发卒迎,敬业尽放令还,单骑至府。贼闻新刺史至,皆缮理以待。敬业一无所问,处他事已毕,方曰:"贼安在?"曰:"在南岸。"乃从一二佐史而往观之,莫不骇愕。贼所持兵觇望,及见船中无人,又无兵仗,更闭营隐藏。敬业直入其营内,告云:"国家知汝等为贪吏所害,非有他恶,可悉归田里,无去为贼。"唯召其帅,责以不早降之意,各答数十而遣之,境内肃然。其祖英公壮其胆略①,曰:"吾不办此,然破我家者必此儿。"英公既薨,高宗思平辽勋,令制其冢,象高丽中三山,犹霍去病之祁连山。后敬业举兵②,武后令掘平之。大雾三日不解,乃止。

张九龄①,开元中为中书令。范阳节度使张守珪奏裨将安禄山频失利②,送戮于京师。九龄批曰:"穰苴出军,必诛庄贾③;孙武行法,亦斩宫嫔④。守珪军令若行,禄山不宜免死。"及到中书,张九龄与语久之,因奏戮之,以绝后患。玄宗曰:"卿勿以王夷甫识石勒之意⑤,杀害忠良。"更加官爵,放归本道,至德初⑥,玄宗在成都,思九龄先觉,制赠司徒⑦,遣使就韶州致祭⑧。

【注释】

①张九龄:唐代贤相,少以文名,中宗景龙初年进士,始调校书郎。玄宗开元时历官中书侍郎、同中书门下平章事、中书令。

②张守珪:开元十五年(727)镇守瓜州,以击突厥战功累至宣威将军、左领卫率、兼瓜州都督。后迁鄯州都督、持节陇右经略节度使。开元二十一年(733)转幽州长史、兼御史中丞、营州都督,又加河北采访处置使,后为幽州节度使,即此处所称范阳节度使。二十三年(735)又以功拜辅国大将军、右羽林大将军兼御史大夫。

③穰苴出军,必诛庄贾:春秋时司马穰苴初由晏婴荐于齐景公,景公命为将军,以御燕晋之师。出师时,景公宠臣、监军庄贾饮酒误期,罪当斩。庄贾使人驰报景公请救,未及返,庄已被斩。三军振栗。

④孙武行法,亦斩宫嫔:春秋时孙武以兵法见于吴王阖庐,以宫嫔试练兵之法。妇人嬉笑违军令,乃斩其队长以徇,用其次为队长,于是操练皆规矩有法。

⑤王夷甫识石勒之意:王夷甫即王衍,晋初名士,后官至太尉、尚书令。石勒,西晋时建立后赵称王。年十四,行贩洛阳,倚啸上东门,王衍见而异之,谓将为天下之患。驰遣收之,石勒已去。此意喻识鉴心怀异志者。

⑥至德:肃宗年号,公元 756 年至 758 年。

⑦司徒:官名,可参议国事,但唐代以后已无实权。

⑧韶州:今广东韶关。张九龄为韶州曲江人。

卷三·赏誉

玄宗燕诸学士于便殿，顾谓李白曰："朕与天后任人如何？"白曰："天后任人，如小儿市瓜，不择香味，唯取其肥大者。陛下任人，如淘沙取金，剖石采玉，皆得其精粹。"上大笑。

白居易应举，初至京，以诗谒顾著作况[1]。况睹姓名，熟视曰："米价方贵，居亦不易。"及披卷，首篇曰："咸阳原上草[2]，一岁一枯荣。野火烧不尽，春风吹又生。"乃嗟赏曰："道得个语，居即易也。"因为之延誉，声名遂振。

【注释】

①顾著作况：顾况，善诗，性诙谐，德宗贞元初，以校书郎征。久之，迁著作郎。后贬饶州司户。

②咸阳原上草：《白氏长庆集》中为"离离原上草"。

李贺以歌诗谒韩愈，愈时为国子博士分司[1]。送客归，极困。门人呈卷，解带，旋读之。首篇《雁门太守行》云："黑云压城城欲摧，甲光向日金鳞开。"却缓带，命迎之。

①国子博士：掌管教育事务的官职。分司：唐代建都长安，以洛阳为东都，分设在东都的中央官员称分司。

孔戣为华州刺史①，奏江淮进海味，道路扰人，并其类十数条。后上不记其名，问裴晋公，亦不能对。久之方省，乃拜戣岭南节度，有异政。南中士人死于流窜者，子女悉为嫁娶之。

【注释】

①孔戣：宪宗时为侍御史，累擢谏议大夫，刚正清俭，敢言直谏，为人所忌，出为华州刺史。后拜岭南节度使，交广晏然大治。穆宗时入为吏部侍郎。后以礼部尚书致仕。华州：唐天宝元年(742)改华阳郡，后复为华州，治今陕西华县。

吕元膺为鄂岳都团练使①，夜登城，女墙已镵②。守者曰："军法，夜不可开。"乃告言中丞自登③。守者又曰："夜中不辨是非，虽中丞亦不可。"元膺乃归。明日，擢为重职。

【注释】

①吕元膺：德宗贞元年间入为殿中侍御史，后出为蕲州刺史。宪宗元和初迁谏议大夫、给事中。又拜御史中丞，未几除为鄂岳观察使，又入为尚书左丞。后充河中节度使，又入拜吏部侍郎。一生正直，居官始终无訾缺。鄂岳都团练使：鄂岳即鄂州及岳州。鄂州治所在今湖北武汉，岳州治所在今湖南岳阳。团练使辖二州。都团练使：唐代中期以后，在不设节度使的地区置设的官职。掌管本区各州军事。

②女墙：城城上有射孔之小墙。鏁：同“锁”。

③中丞：指吕元膺，吕元膺在任鄂岳观察使之前为御史中丞。

卷三·品藻

　　玄宗西幸①，尝郁郁不悦，多与裴士淹并马语。语及平日之事，时亦解颜。上曰："李林甫之材不多得②。"士淹曰："诚如圣旨，近实无俦。"上曰："但以妒贤嫉能，以此致败。"士淹曰："陛下既知，何故久任之？岂惟身败，兼亦误国。计今日之事，林甫所启也。"上愀然不乐③。

【注释】

　　①玄宗西幸：天宝十五年(756)，安禄山叛乱占领洛阳后，直逼长安，玄宗率众离长安西逃至四川成都。

　　②李林甫：唐玄宗时宰相，开元后期深结武惠妃及宦官等，探听帝意，迎合意旨，因而获得信任。开元二十二年(734)拜相，为礼部尚书、同中书门下三品。李林甫居相位十九年，专政自恣，杜绝言路，助成安史之乱。

　　③愀然：忧伤的样子。

　　太过称虞监①：博闻、德行、书翰、词藻、忠直，一人而已，而兼是五善。

【注释】

　　①虞监：虞世南，曾为秘书监，故称虞监。太：太宗。太宗在虞世南死后曾叹："虞世南于我，犹一体也。拾遗补阙，无日暂忘，实当代名臣，人伦准的。"

卷三 · 规箴

太宗常幸洛阳，颇见可欲，多治隋氏旧宫，或纵畋游。魏徵骤谏[1]，上忻然罢[2]，曰："非公无此语。"

【注释】

①骤谏：屡次进谏。

②忻然：高兴、喜悦的样子。

于司空因韦太尉《奉圣乐》[1]，亦撰《顺圣乐》以进。每宴，必使奏之。其曲将半，缀，皆伏，而一人舞于中央。幕客韦缓笑曰："何用穷兵独舞？"虽笑谈诙谐，亦有为也。顿又令女妓为佾舞[2]，壮妙，号《孙武顺圣乐》。

【注释】

①于司空：于顿。累迁检校尚书左仆射、同中书门下平章事。宪宗时拜司空。后待罪被贬。韦太尉《奉圣乐》：韦太尉即韦皋。

②佾舞：指乐舞。佾是队伍的行列，分祭天子、公侯、大夫、士，又有八佾、六佾、四佾、二佾之分。

卷三·凤慧

　　上官昭容者①,侍郎仪之孙也②。仪之得罪,妇郑氏填宫,遗腹生昭容。其母将诞之夕,梦人与秤,曰:"持之秤量天下文士。"郑氏冀其男也。及生昭容,视之,云:"秤量天下岂是汝耶?"口中哑哑如应曰"是"。

【注释】

　　①上官昭容:上官婉儿,中宗时拜为昭容,故名。武则天时,忤逆圣意,因其才免诛。中宗神龙后又专掌制命,拜为昭容。后临淄王起兵,上官婉儿被诛死。

　　②侍郎仪:上官仪,高宗龙朔二年(662)加银青光禄大夫、西台侍郎,故名侍郎仪。麟德元年(664)以梁王忠通谋罪连坐,下狱死。

　　玄宗善八分书,将命相,皆先以御札书其名于案上。会太子入侍①,上以金瓯覆其名以告之,曰:"此宰相名也,汝庸知其谁?即射中,赐若卮酒。"肃宗拜而称曰:"非崔琳、卢从愿乎②?"上曰:"然。"因举瓯以示,乃赐卮酒。是时琳与从愿皆有宰相望,上倚为相者数矣,竟以宗族蕃盛,附托者众,不能用之。

【注释】

　　①太子:肃宗李亨。

②崔琳：学识渊博，开元中累迁太子少保。卢从愿：睿宗时拜吏部侍郎，开元初为工部侍郎，转尚书左丞，后拜工部尚书，又拜金紫光禄大夫。

苏瓌初未知颋，常处颋于马厩中，与庸仆杂行。一日，有客诣瓌，候于客次①。颋拥篲庭庑间②，遗落一文字。客取而视之，乃咏昆仑奴子③，诗云："指如十挺墨，耳似两张匙。"客异之。良久，瓌出，客淹留言咏，以其诗问瓌："何人？岂非足下宗庶之孽也？"瓌备言其事，客惊讶之，谓瓌加礼收举，必苏氏之令子也。瓌稍稍亲之。有人献兔，悬于廊庑之下，乃召颋咏之，曰："兔子死阑单④，将来挂竹竿。试将明镜照，无异月中看。"瓌读诗异之。由是学问日新，文章盖代。及玄宗平内难，旦夕制诰络绎，无非颋之所出，时称"小许公"云⑤。

【注释】

①客次：接待宾客的处所。

②篲(suì)：扫帚。庑：堂下周围的走廊。

③昆仑奴：唐代被入贡或贩卖到中国为奴的黑人，称为昆仑奴。

④阑单：唐代俗语，筋疲力尽的样子。

⑤小许公：苏瓌于景龙三年(709)封许国公。苏颋于景云中苏瓌死后袭封许国公，故时人又称"小许公"。

开元初，上留心理道①，革去弊讹。不六七年间，天下大理，河清海晏②，物殷俗阜。安西诸国悉平为郡县，置开远门③，亘地万馀里。入河湟之赋税④，满右藏⑤；东纳河北诸道租庸，充满左藏。财宝山积，不可胜计，四方丰稔，百姓乐业。户计一千馀万,米每斗三钱。丁壮之夫,不识兵器。路不拾遗,行不斋粮。奇瑞叠委,重译麏至,人物欣然,咸思登岱告成⑥。上犹惕厉不已,拗让数四。是时彭城刘晏年八岁,献《东封书》,上览而奇之,命宰相出题,就中书试⑦。张说、源乾曜咸相感慰荐⑧。上以晏间生秀妙,引于内殿,纵六宫观看。杨妃坐于膝上⑨,亲为画眉总髻,宫人投花掷果者甚多。拜为秘书正字⑩。

【注释】

①上:指唐玄宗。理道:治国之道。

②河清海晏:比喻太平盛世。

③开远门:长安外郭城西面三门最北门。

④河湟:指长安以西的黄河及湟水流域一带。

⑤右藏:皇帝的内库之一,右藏掌收金玉、珠宝、铜铁、彩画等。

⑥登岱告成:岱即泰山,古代帝王登泰山封禅祭天,祈求天下平定。开元十三(725)年,张说首倡封禅。

⑦中书:指中书省。张说时为右丞相兼中书令。

⑧源乾曜:开元中为黄门侍郎、同中书门下三品,迁侍中,封安阳郡公。后拜尚书左丞相,仍兼侍中。

⑨杨妃:杨玉环,时为玄宗贵妃。

⑩秘书正字:秘书省隶中书省之下,为藏书之所,下设秘书监一员、秘书郎四员,下属有校书郎八人、正字四人。

　　开元初,潞州常敬忠十五明经擢第①,数年遍通五经②。上书自举云:"一遍诵千言。"敕赴中书考试。张燕公问曰③:"学士能一遍诵千言,十遍诵万言乎?"对曰:"未曾自试。"燕公遂出书,非人间所见也,谓之曰:"可十遍诵之。"敬忠危坐而读,每遍地为记。读七遍,起曰:"此已诵得。"燕公曰:"可满十遍。"敬忠曰:"若十遍,即是十遍诵得;今七遍已得,何要满十?"燕公执本观览不暇,而敬忠诵毕,不差一字。见者莫不嗟叹。即日闻奏,命引对,赐彩衣一副,兼赉物④。拜东宫卫佐,仍直集贤院,侍讲《毛诗》⑤。百馀日中三改官。为同辈所嫉,中毒而卒。

【注释】

①潞州:治在今山西长治。明经:唐代科举科目之一,与进士科并列,主要考经义。

②五经:指《易》《诗》《书》《礼》《春秋》。

③张燕公:张说。开元初以诛太平公主功拜中书令,封燕国公。

④赉物:赏赐物品。

⑤《毛诗》:毛公所传的《诗经》。

李卫公幼时①,宪宗赏之,坐于前。吉甫每以敏捷夸于同列②。武相元衡召之③,谓曰:"吾子在家,所嗜何书?"德裕不应。翌日,元衡具告,吉甫归以责之。德裕曰:"武公身为宰相,不问理国调阴阳,而问所嗜书,其言不当,所以不应。"

【注释】

①李卫公:李德裕。武宗时封卫国公。

②吉甫:李吉甫,李德裕之父。宪宗时为翰林学士、中书舍人、中书侍郎、平章事。为政有功,受封赞皇县侯,徙赵国公。又监修国史。

③武相元衡:武元衡,宪宗时为相。

崔涓守杭州，湖上饮钱。客有献木瓜，所未尝有也。传以示客。有中使即袖归，曰："禁中未曾有，宜进于上。"顷之，解舟而去。郡守惧得罪，不乐，欲撤饮。官妓作酒监者立白守曰："请郎中尽饮，某度木瓜经宿必委中流也。"守从之。会送中使者还，云："果溃烂，弃之矣。"郡守异其言，召问之。曰："使者既请进，必函贮以行。初因递观，则以手掐之。以物芳脆易损，必不能入献。"守命有司加给，取香锦面赉之。

太宗令虞监写《列女传》，以装屏风。未及阅卷，乃阖书之，一字无失。

贾嘉隐年七岁，以神童召见。时长孙太尉无忌、李司空勣于朝堂立语①。李戏之曰："吾所倚何树？"嘉隐云："松树。"李曰："此槐树也，何言松？"嘉隐曰："以公配木，何得非松？"长孙复问："吾所倚何树？"曰："槐树。"公曰："汝不复能矫对耶？"嘉隐曰："何须矫对？但取其鬼木耳。"李叹曰："此儿獠面，何得如此聪明！"嘉隐应声曰："胡头尚作宰相，獠面何废聪明？"李状胡也。

【注释】

①长孙太尉无忌：长孙无忌，太宗、高宗时宰相，其妹为太宗李世民的长孙皇后。长孙无忌辅佐太宗，功居凌烟阁功臣像之首。高宗时因反对立武则天为后，显庆四年(659)被诬告流放，自缢死。李司空勣：李勣。

卷四·豪爽

武后朝,严安之,挺之昆弟也①。安之为长安兵曹②,权过京兆,至今为寮者赖安之之术焉③。挺之则登历台省④,亦有时名。挺之薄妻而爱其子。严武年八岁⑤,询其母曰:"大人常厚玄英未尝慰省我母,何至于斯?"母曰:"吾与汝子母也,以汝尚幼,未知之也。汝父薄行,嫌吾寝陋⑥,枕席数宵,遂即怀汝。自后相弃,为汝父离妇焉。"其母凄咽⑦,武亦愤惋。候父出,玄英方睡,武持小铁锤击碎其首。及挺之归,惊愕,视之,已毙矣。左右曰:"小郎君戏运锤而致之。"挺之呼武曰:"汝何戏之甚?"武曰:"焉有大朝人士厚其侍妾,困辱儿之母乎? 故须击杀,非戏也!"父曰:"真严挺之之子!"武年二十三,为给事黄门⑧。明年,拥旄西蜀,累于饮筵对客骋其笔札。杜甫拾遗乘醉而言曰⑨:"不谓严挺之乃有此儿也!"武恚目久之⑩,曰:"杜审言孙子拟捋虎须耶⑪"合坐皆笑以弥缝之。武曰:"与公等饮馔,所以谋欢,行至干祖考耶⑫?"房太尉琯亦微有所忤⑬,忧怖成疾。武母恐害损贤良,遂以小舟送甫下峡。母则可谓贤也,然二公几不免于虎口矣。李太白作《蜀道难》⑭,乃为房、杜危之也。其略曰:"剑阁峥嵘而崔嵬⑮,一夫当关,万夫莫开。所守或非人⑯,化为狼与豺。朝避猛虎,夕避长蛇。磨牙吮血,杀人如麻。锦城虽云乐⑰,不如早还家。蜀道之难,难于上青天! 侧身西望长咨嗟。"杜初自作《阆中行》:"豺狼当路,无他游从。"或谓章仇大夫兼琼为陈子昂拾遗雪狱⑱,高侍御适与王江宁昌龄申冤⑲,当时同为义士也。李翰林作此歌,朝右闻之,皆疑严武有刘焉之志。其属刺史章彝因小瑕,武怒,遽命杖杀之。后为彝之外家报怨,严氏之后遂微焉。

【注释】

①严安之:玄宗时的著名酷吏。昆弟:兄弟。

②兵曹:管兵事等的官员。

③寮:同"僚",官吏。

④历台省:台指御史台,省指尚书省等,泛指做过各种朝官。

⑤严武:为严挺之的儿子。曾为京兆少尹、巴州刺史、成都尹、剑南节度使,封郑国公,迁黄门侍郎。加检校吏部尚书。

⑥寝陋:容貌丑陋。

⑦凄咽:悲伤地哭泣。

⑧给事黄门:"给事黄门侍郎"的省称,亦称"黄门郎",是侍从皇帝、备问应对,皇帝外出则陪乘的官员。

⑨杜甫:唐代著名诗人。天宝末年授京兆府右卫率府参军。肃宗于灵武征兵,杜甫自京师前往,拜为右拾遗。后因严武举荐为节度参谋、检校尚书工部员外郎。今传杜甫诗集为《杜工部集》。

⑩恚目:怒视。

⑪杜审言:杜甫的祖父。终膳部员外郎。

⑫祖考:祖即祖父,考即去世的父亲。

⑬房太尉琯:房琯,玄宗西幸时,为吏部尚书。自请平贼,大败。肃宗时,房琯名重一时。后因匿有司劾治的琴工,罢为太子少师,终于刑部

尚书。

⑭李太白：李白，唐代大诗人，杜甫的朋友。

⑮剑阁：又名剑门关，在今四川剑阁北。

⑯或非人：指用人不当。

⑰锦城：又称锦官城，指成都。

⑱章仇大夫兼琼：章仇兼琼，唐玄宗时，入为户部尚书兼御史大夫。曾为益州司马、剑南节度使。陈子昂：文明初年进士。武则天擢为麟台正字，迁右拾遗。后被人陷害，冤死狱中，这里所谓"雪狱"，即指把陈子昂被害之事大白于天下。

⑲高侍御适：高适，玄宗天宝间，荐举有道科，为汴州封丘尉。为兄长舒翰讨安禄山之败辩解，迁为侍御史。王江宁昌龄：王昌龄，江宁人。初任秘书省校书郎，改授汜水尉，因事贬岭南。开元末返长安，改授江宁丞。被谤谪龙标尉。安史乱起，为刺史闾丘所杀。

颜太师鲁公刻姓名于石①，或致之高山之上，或沉之大洲之底③，而云："安知不有陵谷之变耶④？"

【注释】

①颜太师鲁公：颜真卿，代宗时官至吏部尚书、太子太师，封鲁郡公，世称颜鲁公。

李相绅督大梁日①，闻镇海军进健卒四人②，一曰富仓龙，二曰沈万石，三曰冯五千，四曰钱子涛，悉能拔橛角觚之戏③。翌日，于球场内犒劳，以老牛筋皮为炙④，状瘤魁之脔⑤。坐于地茵，大桦令食之⑥。万石等三人视炙坚粗，莫敢就食。独五千瞑目张口，两手捧炙，如虎啖肉。丞相曰："真壮士也！可以扑杀西域健胡。"又令试角觗戏,仓龙等亦不利,独五千胜之,十万之众,为之披靡。于是独留五千,仓龙等退还本道。语曰:"壮儿过大梁,如上龙门也。"城北门常扃,镵不开,开必有事,公命开之。骡子营骚动⑦,军府乃悉诛之,自此遂安也。李公既治淮南,决吴湘之狱,而持法清峻⑧,犯之者无宥,有严、张之风也⑨。狡吏奸豪,潜形匿迹,然出于独见,寮佐莫敢谏之。李元将评事及弟仲将尝侨寓江都⑩,李公羁旅之年,每止于元将之馆,而叔呼之。荣达之后,元将称弟、称侄,皆不悦也;及为孙、子,方似相容。又有崔巡官者,居郑圃,与丞相同年之旧,特远来谒。才到客舍,不意家仆与市人有竞。诘其所以⑪,仆曰:"宣州馆驿崔巡官。"下其仆与市人,皆抵极法。令捕崔至,曰:"昔尝识君,到此何不相见也?"崔生叩头谢曰:"适憩旅舍,日已迟晚,相公尊重,非时不敢具陈卑礼。伏希哀怜,获归乡里。"遂縻留服罪⑫,笞股二十,送过秣陵⑬。时人相谓曰:"李公宗叔翩为孙、子,故人忽作流囚。"邑人惧祸,渡江过淮者众。主吏启曰:"户口逃亡不少!"丞相曰:"汝不见淘麦乎?秀者在下,糠秕随流;随流者不必报来!"自此一言,竟无逾境者。又有少年,势似疏简⑭,自云:"辛氏郎君,来谒丞相。"于晤对之间,未甚周至⑮。先是白居易寄元相诗曰:"闷劝迂辛酒,闲吟短李诗。"且曰:"辛大丘度性迂嗜酒,李二十绅短而能诗。"辛氏郎君,即丘度之子也。因谓李公曰:"小子每忆白二十二丈诗曰'闷劝畴昔酒,闲吟廿丈诗'。"⑯李曰:"辛大有此狂儿,吾敢不存旧乎?"凡诸宦族,快辛子之能忤丞相之受侮。有一曹官到任⑰,仪质颇似府公⑱,府公见而恶之,书其状曰:"著青把笏⑲,也请料钱⑳。睹此形骸,足可骇叹!"左右皆窃笑焉。又有宿将㉑,有过请罚,且云:"老兵倚恃年老,而刑不加,若在军门,一百也决!"竟不免其刑。凡所书判,或是卒然,故趋事者皆惊神破胆矣。初,李公赴荐,尝以古风求吕化光温㉒,谓齐员外煦及弟恭曰:"吾观李二十秀才之文,斯人必为卿相。"果如其言。诗曰:"春种一粒粟,秋成万颗子。四海无闲田,农夫犹饿死。锄禾日当午,汗滴禾下土。谁知盘中餐,粒粒皆辛苦。"先是元相廉察江东之日㉓,修龟山寺鱼池,以为放生之所。戒其僧曰:"劝汝诸僧好自持,不须垂钓引青丝。云山莫厌看经坐,便是浮生得道时。"李公到镇,游于野寺,观元公诗,笑曰:"僧有渔罟之事,必投于镜湖!"后有犯者,遂不恕。复有二绝以示之云:"剃发多缘是代耕,好闻人死恶人生。祇园说法无高下㉔,尔辈何劳尚世情。汲水添池活白莲,十千鬐鬣尽生天㉕。凡庸不识慈悲意,自葬江鱼入九泉。"忽有老僧谒,愿以因果喻之。丞相问:"阿师从何处来?"答曰:"贫道从来处来。"遂决二十,曰:"任从去处去!"至如浮薄宾客,莫敢候问。三教所来㉖,俱有区别,海内服其才俊。

【注释】

①李相绅:李绅,字工垂,元和间进士,与李德裕、元稹同在朝,号称"三俊"。武宗时拜相,故这里称其为李相。大梁:今开封。

②镇海军:唐代设立的地方藩镇军名,先治润州(今江苏镇江),后治杭州。健卒:彪悍有专长的兵。

③角觝之戏:角抵,一种较量力量和技巧的对抗性运动。

④炙:烤的肉。

⑤状瘤魁之商:形容小肉块像酒樽那样。

⑥大柈(pán):大盘子。

⑦骡子营:骡子军军营。唐代有些地区少马,而大量畜养骡子,代马作战,故名。

⑧清峻:公正严厉。

⑨严、张之风:指汉代酷吏严延年、张汤的行为风格。

⑩江都:旧称广陵,即今之扬州。

⑪诘其所以:问其家仆事情的经历。

⑫縻留:扣留收押。

⑬秣陵:今南京、江宁一带。

⑭疏简:粗疏,怠慢。

⑮周至:周到,全面,无微不至。

⑯白二十二丈:白居易。

⑰曹官:属官。

⑱府公:官府的最高长官。仪质:仪表风度,这里指身材。

⑲把笏:拿着记事板。

⑳料钱:唐宋之时,职官在俸禄之外,另给食料,有时并准予折钱,称作料钱。

㉑宿将:有丰富经验的老将。

㉒古风:古体诗,古体诗格律自由,有四言、五言、六言、七言体和杂言体。吕化光温:吕温,字和叔,一字化光,贞元间进士,以颂、赞、书、启等见长。

㉓元相:指元稹。元氏字微之,元和初年应制策第一,曾为中书舍人、工部侍郎同平章事。罢相之后,曾为浙东观察使。

㉔祇园:指寺庙。

㉕鬐鬣(qí liè):本指鱼脊和颔旁之鳍,这里用指鱼类。

㉖三教:指儒、释、道。

卷四·容止

开元中,燕公张说当朝文伯,冠服以儒者自处。玄宗嫌其异己,赐内样巾子①,长脚罗幞头②,燕公服之入谢,玄宗大喜。

【注释】

①内样:宫中流行的式样。

②长脚罗幞头:幞头是一种包头的软巾,系在脑后的两根带子被称为幞头脚。后来两根带子加长,垂在脑后的部分打结后可做装饰,称为"长脚罗幞头"。

玄宗早朝,百官趋班①。上见张九龄风仪秀整,有异于众,谓左右曰:"朕每见张九龄,精神顿生。"

【注释】

①趋班:群臣朝见时疾行就位。

卷四·自新

　　天宝已前多刺客。李汧公勉为开封尉①,鞫狱②,狱囚有意气者③,咸哀勉求生,纵而逸之。后数岁,勉罢官,客行河北,偶见故囚,迎归,厚待之。告其妻曰:"此活我者,何以报德?"妻曰:"以缣千匹,可乎?"曰:"未也。""二千匹,可乎?"亦曰:"未也。"妻曰:"大恩难报,不如杀之。"故囚心动。其僮哀勉,密告勉,被衣乘马而遁。比夜半,百馀里至津店④。津店老人曰:"此多猛兽,何故夜行?"勉因言其故。未毕,梁上有人瞥下曰⑤:"几误杀长者⑥!"乃去。未明,携故囚夫妻二首而至,示勉。

【注释】

①李汧公勉:即李勉字玄卿,是郑惠王李元懿的曾孙。代宗时为工部尚书,封汧国公。故人称李汧公。

②鞫狱:又写作"鞠狱",即审理囚犯。

③意气:指馈送礼品、财物。

④津店:设在渡口的客店。

⑤梁上:房梁之上,入室盗贼藏身之处。

⑥长者:对性情谨厚者的尊称。

　　魏仆射本名真宰,武后朝被诬构下狱,有司将出之,小吏闻之以告魏,魏喜曰:"汝名何?"曰:"元忠。"遂改从元忠焉。

卷四·企羡

白居易葬龙门山^①。河南尹卢贞刻《醉吟先生传》于石,立于墓侧。相传洛阳士人及四方游人过瞩墓者,必奠以卮酒^②,故冢前方丈之土常成渥^③。

【注释】

①白居易:历任校书郎、进士考官、集贤校理、翰林学士,后迁左拾遗、太子宾客、太子少傅等。晚年寓居龙门之香山,号香山居士,有《白居易集》传世。龙门山:在洛阳。白居易墓在香山(东山)的琵琶峰上。墓前有碑,刻"唐少傅白公之墓",至今仍存。

②卮酒:一卮的酒。卮,古代盛酒的器皿。

③渥:湿润。

卷四·伤逝

　　天宝十五载正月，安禄山反，陷洛阳。王师败绩，关门不守[①]。车驾幸蜀[②]，次马嵬驿，六军不发，赐贵妃死，然后驾发。行至骆谷[③]，上登高平，马上谓力士曰[④]："吾苍皇出狩[⑤]，不及辞宗庙[⑥]。此山绝高，望见秦川[⑦]，吾今遥辞陵庙[⑧]。"下马东向再拜，呜咽流涕，左右皆泣。又谓力士曰："吾取张九龄之言，不至于此。"乃命中使往韶州，以太牢祭之[⑨]。既而取长笛吹自制曲，曲成，复流涕，诏乐工录其谱。至成都，乃进谱而请名，上已不记，顾左右曰："何也？"左右以骆谷望长安索长笛吹出对之。良久，上曰："吾省矣。吾因思九龄，可号为《谪仙怨》。"有人自西川传者，无由知其本末，但呼为《剑南神曲》。其音怨切动人。大历中[⑩]，江南人盛传。随州刺史刘长卿左迁睦州司马[⑪]，祖筵闻之[⑫]，长卿遂撰其词，意颇自得，盖亦不知事之始。词云："晴川落日初低，惆怅孤舟解携。鸟去平芜远近[⑬]，人随流水东西。白云千里万里，明月前溪后溪。独恨长沙谪去[⑭]，江潭春草萋萋。"其后，台州刺史窦弘馀以长卿之词虽美，而与本曲意兴不同，复作词以广不知者。其词曰："胡尘犯阙冲关[⑮]，金辂提携玉颜。云雨此时消散，君王何日归还？伤心朝恨暮恨，回首千山万山。独望天边初月，蛾眉独自弯弯[⑯]。"

【注释】

①关门不守：指潼关失守。潼关是关中的东大门，为汉末以来东入中原和西出关中、西域的必经之地及关防要隘，历来为兵家必争之地。

②车驾幸蜀：指唐玄宗逃往四川成都。幸，专指皇帝到某处去。

③骆谷：在长安西南约百里处。

④力士：高力士，宦官，他因诛萧岑等功，极受玄宗宠幸，官至骠骑大将军、开府仪同三司。后因李辅国劾奏，流放巫州。

⑤苍皇：匆忙。出狩：此处是对玄宗出逃的委婉说法。

⑥宗庙：皇上祭祀祖先的庙宇。

⑦秦川：也称关中，即今陕西。

⑧陵庙：帝陵和宗庙。

⑨太牢：牢是盛牲的祭器。太牢是最高等级的祭祀规制，最早以牛、羊、豕三牲并用叫太牢，后用牛为牲的即叫太牢。这里指后者。

⑩大历：唐代宗的年号，从公元766年至779年。

⑪刘长卿：唐代诗人。玄宗天宝年间进士。肃宗至德中官监察御史，德宗建中年间，官终随州刺史，世称刘随州。

⑫祖筵：送行的筵席。

⑬平芜：草木丛生的大地。

⑭长沙谪去：指贾谊贬离京城。汉文帝时贾谊被贬为长沙王太傅，后因称贾谊为长沙傅，省称长沙。

⑮胡尘：指安禄山的军队掀起的烟尘。犯阙：侵犯长安宫阙。

⑯蛾眉：既指弯弯明月，又指妇女的双眉，这里用指唐玄宗与杨贵妃已天人两隔。

　　贞元四年①，刘太真侍郎入贡院②，寄前主司萧听尚书诗曰："独坐贡闱里③，愁心芳草生。山公昨夜事④，应见此时情。"

【注释】

①贞元:唐德宗年号,公元785年至805年。

②刘太真:天宝末年进士。贞元四年,刘太真为礼部侍郎,掌贡举,后贬信州。

③贡闱:考贡士的考场,即贡院。

④山公:指晋人山涛。

卷四·栖逸

竟陵僧于水滨得婴儿者①,育为弟子。稍长,自筮②,得《蹇》之《渐》③,繇曰④:"鸿渐于陆,其羽可用为仪。⑤"乃姓陆氏,字鸿渐,名羽。有文学,多意思,耻一物不尽其妙。最晓茶。巩县陶者多为瓷偶人,号"陆鸿渐",买十器,得一"鸿渐",市人沽茗不利,辄灌注之。羽于江湖称竟陵子,于南越称桑苎翁⑥。贞元末卒。

【注释】

①竟陵:今湖北钟祥、天门即古竟陵郡、县地。

②自筮:为自己占卜。

③得《蹇》之《渐》:《蹇》和《渐》都是《周易》中的卦名。这句话是说,占卜的结果是从《蹇》卦演变到《渐》卦。

④繇:卜辞。

⑤鸿渐于陆,其羽可用为仪:这是《渐》卦最上的阳爻卦辞,是说鸿雁走到山头,它的羽毛可用来编织舞具,是吉利之兆。

⑥南越:指江南吴越故地,即江浙之间。

韩愈好奇,尝与客登华山绝顶①,度不可下返,发狂恸哭,为遗书。华阴令百计取之,乃下。

①华山：西岳太华山，在陕西华阴南。

卷四·贤媛

狄仁杰为相,有卢氏堂姨,居午桥南别墅,未尝入城。仁杰伏腊每修礼甚谨①。尝雪后休假,候卢氏安否,适见表弟挟弧矢携雉兔来归,羞味进于堂上②。顾揖仁杰,意甚轻傲。仁杰因启曰:"某今为相,表弟有何欲,愿悉力从其意。"姨曰:"吾止有一子,不欲令事女主③。"仁杰惭而去。

【注释】

①伏腊:指夏天的伏祭和冬天的腊祭之日,泛指节日。

②羞味:馐味,指野味。

③女主:指女帝武则天。

刘玄佐贵为将相①,其母月织缣一匹,示不忘本。每观玄佐视事,见县令走阶下,退必语玄佐:"贵为将相,吾向见长官白事卑敬②,不觉恐悚③。思汝父为吏本县时,常畏长官汗慄④。今尔当厅据案待之,亦何安也?"因喻以朝廷恩寄之重,须务捐躯,故玄佐终不失臣节。

【注释】

①刘玄佐:本叫刘洽,代宗大历年间,李灵曜谋反,刘玄佐偷袭宋州得手,被任命为宋州刺史,德宗建中初,进兼御史中丞,充宋、亳、颍节

②长官:泛指官吏。白事:言事。卑敬:卑恭礼敬。

③恐悚:畏惧。

④汗慄:因恐惧而出汗。

李尚书景让少孤①,母夫人性严明。居东都,诸子尚幼,家贫无资,训励诸子,言动以礼。时霖雨久,宅墙夜隤,僮仆修筑,忽见一船槽②,实之以钱。婢仆等来告,夫人戒之曰:"吾闻不勤而获犹谓之灾,士君子所慎者,非常之得也。若天实以先君馀庆悯及未亡人③,当令诸孤学问成立,他日为俸钱入吾门,以未敢取。"乃令闭如故。其子景温、景庄皆进士擢第,并有重名,位至方镇④。景让最刚正,奏弹无所避。

初,夫人孀居,犹才未中年,贞干严肃⑤,姻族敬惮,训厉诸子必以礼。虽贵达,稍怠于辞旨犹杖之。景让除浙西,问曰:"何日进发?"景让忘于审思,对以"近日"。夫人曰:"若此日吾或有故,不行如何?"景让惶惧。夫人曰:"汝今贵达,不须老母可矣!"命僮仆斥去衣,箠于堂下。景让时已班白矣,搢绅以为美谈。在浙西,左押衙因应对有失⑥,杖死,既而军中汹汹,将为乱。太夫人乃候其受衙⑦,出坐厅中,叱景让立厅下,曰:"天子以方镇命汝,安得轻用刑?如众心不宁,非惟上负天子,而令垂白之母羞辱而死,使吾何面目见汝先人于地下?"左右皆感咽。命杖其背,宾客大将拜泣乞之,良久乃许。军中遂息。景庄累举未登第,闻其被黜,即笞其兄。中表皆劝景让嘱于主司⑧,景让终不用,曰:"朝廷取士,自有公论,岂敢效人求关节乎⑨?主司知是景让弟非冒取名者，自当放及第。"是岁，景庄登科。

【注释】

①李尚书景让：李景让，字后己。敬宗宝历初年，为右拾遗。历中书舍人，礼部侍郎，商、华、虢三州刺史。入为尚书左丞，拜天平节度使。宣宗大中间，进为御史大夫。少孤：早年丧父。

②船槽：船形的木槽。

③馀庆：指恩泽及于后代。未亡人：旧时寡妇自称之词。

④方镇：指掌握一方兵权的军事长官。

⑤贞干：贞操与才干。

⑥押衙：又写作"押牙"，掌节度使衙内之事，分左、右牙，位在兵马使之上。

⑦受衙：受理衙中事务。

⑧中表：称姑母的儿女为外表，称舅父或姨母的儿女为内表，他们之间互相称呼即为中表。

⑨求关节：暗中行贿，疏通人情。

太宗尝罢朝，怒曰："会须杀田舍汉①！"文德皇后谓帝曰②："谁触忤陛下？"帝曰："岂过魏徵！每廷争辱我，常不自得。"后退而具朝服立于廷。帝惊曰："皇后何为若是？"后曰："妾闻主圣臣忠，今陛下圣明，致魏徵得直言。妾备数人后宫，安敢不贺！"

【注释】

①田舍汉：本指农家男子，这里借指魏徵，带有贬意。

②文德皇后：全称为文德顺圣皇后，复姓长孙。皇后"矜尚礼法"，对太宗多所劝谏。

卷五·补遗(起高祖至代宗)

虬须客姓张氏,赤发而虬须。时杨素家红拂妓张氏奔李靖①,将归太原。行次灵桥驿,既设床,炉中煮肉。张氏以发长垂地,立梳床前,靖方刷马,忽虬须客乘驴而来,投革囊于炉前,取枕敧卧②,看张氏梳头。靖怒,未决。张氏熟视其面,一手映身摇示靖,令勿怒。急急梳头毕,敛衽前③,问其姓氏。卧客曰:"姓张。"张氏对曰:"妾亦姓张,合是妹④。"遽拜之。问第几,曰:"第三。"亦问第几,曰:"最长。"遽喜曰:"今日幸逢一妹。"张氏遥呼曰:"李郎,且来拜三兄!"靖骤拜之,遂环坐。客曰:"煮者何肉?"曰:"羊肉,计已熟矣。"客曰:"饥。"靖出市胡饼,客抽腰间匕首切肉,共食之竟,以馀肉乱切饲驴。客曰:"何之?"曰:"将避地太原。"客曰:"有酒乎?"曰:"主人西则酒肆也⑤。"靖取酒一斗。既巡⑥,客曰:"吾有少下酒物,李郎能同食乎?"靖曰:"不敢!"遂开革囊,取出一人头并心肝,却以头贮囊中,以匕首切心肝共食之。曰:"此天下负心者也,衔之二十,今始获之,吾憾释矣!"又曰:"观李郎仪形器宇⑦,真丈夫也!亦闻太原有异人乎?"曰:"尝识一人,余谓之真人也,其馀将相而已。"曰:"其人何姓?"曰:"某之同姓。""年几?"曰:"仅二十。"曰:"今何为?"曰:"州将之子也。"曰:"李郎能致吾一见乎?"曰:"靖之友刘文静者与之善⑧,因文静见之可也。然兄欲何为?"曰:"望气者云⑨,太原有奇气,使吾访之。李郎何日到太原?"曰:"靖计之,某日当达。"曰:"达之明日方曙,候我于汾阳桥。"言讫,乘驴而去,其行如飞,回顾已失矣。公与张氏且惊且惧。久之,曰:"烈士不欺人,固无畏也。"促鞭而行。及期,入太原,候之,相见大喜。偕诣刘氏,诈谓文静曰:"有善相者思见郎君⑩,请迎之!"文静素奇其人。方议匡辅,一旦闻客有知人者,其心可知,遽致酒延之。使回而到,不衫不履⑪,裼裘而来⑫,神气扬扬,貌与常异。虬须默然,于坐末见之,心死。饮数杯而起,招靖曰:"真天子也!吾见之,十得八九矣。然须道兄见之。李郎宜与一妹复入京,某日午时,访我于马行东酒楼。下有此驴及瘦骡,即我与道兄俱在其上矣。"又别而去之。靖与张氏及期访焉,宛见二乘,揽衣登楼,而虬须与道士方对饮。见靖,惊喜,召对环饮十数巡,曰:"楼下匮中有钱十万⑬,可择一深隐处,驻一妹,某日复会于汾阳桥下。"靖如期至,则道士与虬须已先到矣。仍具诣文静。时方弈棋,揖起而话心焉⑭。文静飞书迎文皇⑮,看道士对弈,虬须与靖旁立焉。俄而文皇到来,精彩惊人,揖而坐。神气清朗,满坐风生⑯,顾盼伟如也⑰。道士一见惨然,失棋子曰:"此局输矣!输矣!于此失却局,奇哉!救无路矣!复奚言!"弈罢请去。既出,谓虬须曰:"此世界非子世界,他方图之可矣。勉之!勿以为念。"因共入京。虬须曰:"计李郎之程,某日方到。到之明日,可与一妹同诣某坊小宅相访!欲令新妇祗谒⑱,兼议从容,无前却也。"言毕,吁嗟而去。靖策马而归,遂与张氏同往。见一小板门,扣之,有应者云:"三郎令候李郎、一娘子久矣。"延入重门,门愈壮丽。奴婢四十馀人,罗列庭前。奴二十人，引靖入东厅；婢二十人，引张氏入西厅。厅之陈设颇极精异，巾箱、妆奁、冠盖、首饰之盛[19]，非人间之物。巾帨既毕[20]，又请更衣，衣甚珍奇。既毕，传云："三郎来！"乃虬须也。纱帽褐裘，亦有龙虎之状。欢然相见，催其妻出拜，盖真天人也。于是四人对坐，牢馔毕陈[21]，女乐列奏。其饮食妓乐，若自天降，非人间之物。食毕行酒，而家人自堂东舁出两床[22]，各以锦绣帕覆之。既呈，尽去其帕，乃文簿钥匙耳。虬须指谓曰："此珍宝货泉之数[23]，吾所有悉以充赠。向者本欲于此世界求事[24]。或当一二十年，建少功业。今既有主，住亦何为？太原李氏，真英主也！海内即当太平，李郎以奇特之才，辅清平之主，竭忠尽行，必极人臣。一妹以天人之资，蕴不世之艺[25]，从夫之贵，荣极轩裳[26]，非一妹不能识李郎，亦不能存李郎；非李郎不能遇一妹，亦不能荣一妹。起陆之渐，际会如斯，虎啸风生，龙吟云起，固当然也。将予之赠，以佐真人，赞功业也。勉之哉！此后十馀年，东南数千里外有异事，是吾得志之秋也，妹与李郎可沥酒相贺[27]。"因命家仆列拜，曰："李郎、一妹，是汝主也。"言毕，与其妻戎装，从一奴，乘马而去，数步乃不复见。靖据其宅，遂为豪家，得以助文皇缔构之资，遂匡大业。贞观十年，靖以左仆射同平章事[28]。东南蛮奏："有海贼以千艘，带甲者十万人，入扶馀国[29]，杀其主自立，国已定。"靖知虬须之得志也。归告张氏，具礼相贺，沥酒东南祝拜之。是知真人之兴，非英雄所觊，况非英雄乎！人臣之谬思乱者，乃螳臂扼辙耳！我皇家垂福万叶[30]，岂虚言哉！或曰："卫公兵法[31]，半乃虬须所传。"信哉！

【注释】

①杨素：隋人，曾辅佐隋文帝杨坚建立隋朝，封越国公。后又帮助炀帝杨广登帝，拜为司徒，改封楚国公。红拂妓：相传隋末李靖以百姓的身份拜访杨素后，杨素身边一位执红拂的侍女，当夜五更前来投奔，二人于是共回太原。李靖：唐初名将。隋大业末年，李靖在李渊帐下和突厥作战。察觉李渊起兵的动机后欲上报朝廷，却被李渊兵将俘获。后被李世民召入幕府，用作三卫。建唐后，为了平定割据势力，李靖从李世民征王世充、征萧铣、平辅公祏，战功显赫。贞观初年，破突厥，俘颉利可汗，又破吐谷浑，以战功封为卫国公。著有《李卫公问对》等兵法书，今仍存辑本。

②攲卧：半靠半躺。

③敛衽：整饬衣襟，表示恭敬。

④合是妹：应当是妹。合，应当。

⑤酒肆：卖酒的店铺。

⑥既巡：大家都饮过了一遍酒。巡，饮酒一周叫巡。

⑦仪形器宇：仪形指容貌，器宇指气度与胸怀。

⑧刘文静：隋末曾为晋阳县令，与李世民友善，协助李渊起兵反隋。入唐后，刘文静出任纳言，成为宰相，后随李世民平定西秦薛仁杲，任户部尚书、陕东道行台左仆射、鲁国公。后因与裴寂不和，被杀。

⑨望气：古代的一种占卜方法。望云气附合人事，预测吉凶。

⑩郎君：门生故吏称长官或师门子弟为郎君，以表对长官及其子弟的尊重。

⑪不衫不履：衫指衣衫，履指鞋子，形容不修边幅的样子。

⑫裼裘：这里是说去掉外衣，露出加在裘上的裼衣。裼，袒露的意思。

⑬匮中：储物的大橱。

⑭话心:谈心,亲密地交谈。

⑮文皇:指唐太宗李世民。李世民去世之后,先谥曰文,后依次改谥文武圣皇帝、文武大圣皇帝、文武大圣广孝皇帝,故后世多省称其作文皇。

⑯满坐风生:比喻善于言谈,使在座的人听来都风趣横生。

⑰顾盼伟如:相貌出众。

⑱祗谒:恭敬地晋见。

⑲巾箱:古人放置头巾或图书的小箱子。妆奁:古代女子梳妆的镜匣。冠盖:冠指礼帽,盖指车盖,即一种伞形的装饰物,表示车主的身份。

⑳巾栉:巾和梳篦。泛指盥洗用具。

㉑牢馔:酒食。

㉒舁出:两人或多人扛出或抬出。舁,抬。

㉓货泉:钱币的通称。

㉔求事:建一番事业,这里指其本欲打天下,称帝。

㉕不世之艺:形容技艺高超,世间少有。

㉖荣极轩裳:古代皇帝赐车服给有功之臣,以表其功劳。此处意为张氏跟随李靖一同建功立业,荣耀到了极点。

㉗沥酒:洒酒于地,表祝愿或起誓。

㉘左仆射同平章事:唐朝左仆射与右仆射同为尚书省长官,与侍中、中书令共为宰相,主掌朝政。左、右仆射都称同中书门下平章事。

㉙扶馀国:也作“夫馀国”,是我国东北地区第一个少数民族政权古国。

㉚万叶:万世。

㉛卫公兵法:卫国公李靖所著兵法,在北宋中期以前散逸,只在《通典》中略见大概。

太宗谓敬德曰①："朕将嫁女与卿,称意否?"敬德笑曰:"臣妇鄙陋,亦不失为夫妇之道。臣每闻古人云:'富不易妻②,仁也。'窃慕之,愿停圣恩。"叩头固让,帝嘉之而止。

【注释】

①太宗:指唐太宗李世民。敬德:指尉迟恭。尉迟恭字敬德,曾跟随唐太宗征服王世充、窦建德、刘黑闼等。在玄武门之变又立下汗马功劳,被封为吴国公,后改鄂国公。

②富不易妻:富贵时不要抛弃贫贱时的妻子。

率更欧阳询①,行见古碑,晋索靖所书②,驻马观之,良久而去。数百步复还,下马伫立,疲倦则布毯坐观③,因宿其旁,三日而去。

【注释】

①欧阳询:唐代著名书法家。欧阳询楷书法度严谨,笔力险峻,被称为唐人楷书第一,后人号为"欧体"。著名的传世碑刻有《九成宫醴泉铭》《化度寺碑》等。由于欧阳询于贞观初年曾任太子率更令,故其书又称率更体。

②索靖:西晋将领、著名书法家。历任州别驾、驸马都尉、尚书郎、雁门太守等职。晋惠帝时,赐封关内侯。索靖善章草,传张芝之法,其书险峻坚劲,为晋武帝所喜爱。曾与乡人泛衷、张彪、索纷、索永俱诣太学,驰名海内,号称"敦煌五龙"。

③布毯:铺上毛毯。

裴知古自中宗、武后朝以知音律直太常①。路逢乘马，闻其声，窃曰："此人即当坠马。"好事者随而观之，行未半坊②，马忽惊坠，殆死。又尝观人迎归，闻妇佩玉声，曰："此妇不利姑③。"是日有疾，竟亡。其知音皆此类也。又善摄卫④，开元十三年终，且百岁。

【注释】

①裴知古：武则天长安年间为太乐丞，以太乐令卒。其人善于音律。直太常：在太常寺任职。太常寺是主管祭祀及其他礼仪的机构。

②坊：街市。

③姑：丈夫的母亲，即婆婆。

④摄卫：指养生，保养身体。

刘希夷诗曰①："年年岁岁花相似，岁岁年年人不同。"其舅即宋之问也②，苦爱此两句，知其未示人，恳乞此两句，许而不与。之问怒，以土囊压杀之。刘禹锡曰："宋生不得其死，天报之矣！"

【注释】

①刘希夷：唐朝诗人。上元进士。其诗多写闺情，辞意柔婉华丽，多感伤情调。

②宋之问：武则天时，先附张易之，张易之败，被贬泷州，宋之问从贬所逃归洛阳，匿于友人张仲之家。时张仲之等正筹划谋杀武三思以安王室，宋之问以此又附武三思，官至修文馆学士。中宗时贬汴州长史，睿宗时赐死。宋之问工诗，尤善言。

薛令之①,闽之长溪人。神龙二年,赵彦昭下进士及第②,后为左补阙兼太子侍讲③。时东宫官冷落,火次难进。令之有诗曰:明月夜团团,照见先生盘。盘中何所有?苜蓿长阑干。饭涩匙难绾④,羹稀箸易宽⑤。只可谋朝夕,那能度岁寒?明皇幸东宫,见之不悦,以为讽上。援笔酬曰:啄木觜距长,凤凰毛羽短。若嫌松桂寒,任逐桑榆暖。令之遂谢病归。及肃宗即位,召之。诏下,而令之已卒。

【注释】

①薛令之:少时家贫,聪明好学,极具诗才。开元中授左补阙之职,并为太子李亨侍讲。与李林甫交恶,于天宝末年称病随父还乡。

②赵彦昭:字奂然,神龙二年(706)进士,历左台监察御史。中宗时,累迁中书侍郎,同中书门下平章事。睿宗时,出为宋州刺史。又入为吏部侍郎,迁刑部尚书,封耿国公。后贬死江州。

③左补阙:官名,武则天垂拱元年始置,从七品,掌供奉讽谏,隶属于门下省。太子侍讲:唐初设置,掌讲读经学。

④难绾:指饭食不好,难以下箸。绾,管控。

⑤羹:用肉或菜调和五味做成的带汁的食物。

苏味道初拜相①,门人问曰:"天下方事之殷②,相公何以燮和③?"味道但以手摸床棱而已。时谓"摸床棱宰相"④。

【注释】

①苏味道:武则天时前后居相位数年,无所建树。

②方:正值。殷:众多。

③燮(xiè)和:调和。

④摸床棱宰相:苏味道曾对人说,处事不必决断清楚,如果决断错了,必会因错受到谴责,只要"摸棱以持两端可矣"。因此他被当时的人称为"苏摸棱"。

　　杨国忠尝会诸亲①,时知吏部铨事②,且欲噱以娱之③。呼选人名,引入于中庭,不问资序④,短小者道州参军⑤,胡者与湖州文学⑥,帘中大笑。

【注释】

①杨国忠:本名杨钊,玄宗贵妃杨玉环的堂兄,因贵妃故,升任宰相,与安禄山的矛盾最终导致了安史之乱,后被杀。

②铨事:指选拔、任用、考核官吏之事。

③噱:大笑。

④资序:资历。

⑤短小者:个子矮小的人。道州:在今湖南道县。参军:官名,参军事的省称。

⑥胡者:有胡子的人。湖州:在今浙江吴兴。文学:官名。唐代诸王府皆设文学。

　　玄宗时,以林邑国进白鹦鹉①,慧利之性特异常者,因暇日以金笼饰之,示于三相②。上再三美之。时苏颋初入相,每以忠说厉己③,因前进曰:"《记》云④:'鹦鹉能言,不离飞鸟。'臣愿陛下深以为志。"

【注释】

①林邑国：南海的古国，秦时称林邑，晋隋时为林邑国，五代后周时又称占城。

②三相：唐代初年的尚书省、门下省、中书省的三位长官，即左右仆射、侍中、中书令为宰相，故称三相。

③忠谠：忠诚正直。

④《记》：指《礼记》。

　　玄宗问黄幡绰①："是物儿得怜？""是物儿"者，犹"何人儿"也。对曰："自家儿得人怜。"时杨妃号安禄山为子，肃宗在东宫②，常危惧。上俯首久之。上又尝登北楼望渭，见一醉人临水卧，问左右"是何人"？左右不对。幡绰曰："是年满令史。"又问曰："尔何以知之？"对曰："更一转③，入流④。"上大笑。上又与诸王会食，宁王喷饭⑤，直及上前。上曰："宁哥何故错喉⑥？"幡绰曰："此非错喉，是喷帝⑦。"

【注释】

①黄幡绰：宫廷乐师。侍奉唐玄宗。他性格幽默，善于口才，曾经用滑稽风趣的语言劝谏，得到了玄宗的赏识和信任。

②肃宗：李亨，玄宗的第三子。开元二十六年（738）立为皇太子。

③更一转：转换官职之意。

④入流：本指掉进渭水，这里指转官为九品内官。

⑤宁王：即李宪，睿宗李旦的长子，本名成器。本为太子，后让与其弟李隆基，玄宗得以为帝。

⑥错喉：饮食误入气管。

⑦喷帝：谐喷嚏之音。合宁王让帝位之谐。

　　拔河，古谓之牵钩。襄汉风俗①，常以正月望日为之。相传楚将伐吴，以为教战。梁简文帝临雍部②，禁之而不能绝。古用篾缆③，今代以大麻绳④，长四五十丈，两头分系小索数百条，挂于胸前。分两朋⑤，两向齐挽。当大绳之中，立大旗为界。震声叫噪，使相牵引，以却者为胜，就者为输，名曰"拔河"。中宗曾以清明日御梨园球场⑥，命侍臣为拔河之戏。时七宰相、二驸马为东朋，三宰相、五将军为西朋。东朋贵人多，西朋奏"胜不平"，请重定，不为改，西朋竟输。韦巨源、唐休璟年老⑦，随绳而踣⑧，久不能兴⑨。上大笑，令左右扶起。明皇数御楼设此戏，挽者至千馀人，喧呼动地，蕃客庶士，观者莫不震骇。进士河东薛胜为《拔河赋》，此词甚美，时人竞传之。

【注释】

①襄汉：指襄阳和汉水流域。

②梁简文帝：即萧纲，梁武帝的第三子，在位二年，为侯景所杀。雍部：襄阳郡，江左并侨置雍州，这里所谓雍部，即雍州所部，指襄阳。

③篾缆：用竹皮编成的绳索。

④麻绳：大粗麻绳索。

⑤朋：群。

⑥梨园：原是唐代都城长安的一个地名，因唐玄宗在此地教练宫廷歌舞技艺，后来成为艺术组织和艺人的代名词。球场：球即鞠丸。球场，即为蹴鞠之场地。

⑦韦巨源：武则天时，为文昌右丞同平章事。中宗复位，迁吏部尚书，

同中书门下三品。旋进侍中、中书令,封舒国公。阴导韦后行武后故事,代唐称制。后李隆基起兵诛韦后,韦巨源为乱军所杀。唐休璟:本名璿,以字行。以明经入仕,曾为灵州都督,累拜太子少师,是唐代少有的以儒者知兵的人才之一。

⑧踣:跌倒。

⑨兴:这里指站起来。

　　上爱幸安禄山①,呼之为儿,常于便殿与杨妃同乐之②。禄山每就坐,不拜上而拜杨妃。上顾而问之:"不拜我而拜妃子,何也?"禄山奏云:"胡家不知有父,只知有母。"上笑而赦之。禄山丰肥大腹,上尝问:"此腹中何物而大?"禄山寻声而对:"腹中但无他物,唯赤心而已。"上以其真而益亲之。

【注释】

①上:指玄宗。爱幸:喜爱宠幸。安禄山:唐玄宗时的将领,由于唐玄宗的宠幸,官至平卢、范阳、河东三镇节度使。天宝十四年(755),他从范阳起兵反唐。至德二年(757),被其子安庆绪杀死。

②便殿:寝殿之侧,帝王休息消闲之处。杨妃:即杨贵妃。

　　王缙多与人作碑志①。有送润笔者②,误致王右丞院③,右丞曰:"大作家在那边!"

【注释】

①王缙:少好学,与兄王维,俱以名闻。历任侍御史、宪部侍郎、黄门侍郎、同中书门下平章事等职。性贪婪,同元载论死,皇帝怜其年迈,即

109

贬括州刺史。

②润笔：泛指请人家写文章、写字、作画而付的报酬。

③王右丞：即王维，历监察御史，累迁尚书右丞。世称王右丞，工草隶、善诗画，唐著名诗人。安史之乱时，为乱军所掳，强为给事中，乱平入狱。后得肃宗宽宥，迁为太子中允。

李白开元中谒宰相①，封一板②，上题曰："海上钓鳌客李白。"宰相问曰："先生临沧海，钓巨鳌，以何物为钩线？"白曰："风波逸其情，乾坤纵其志。以虹蜺为线，明月为钩。"又曰："何物为饵？"白曰："以天下无义气丈夫为饵③。"宰相竦然④。

【注释】

①谒：拜见。宰相：唐朝以尚书省、门下省、中书省的长官及尚书左、右仆射、侍中、中书令为宰相。

②封：即封题，也叫题封，指将信札之口封起来，题写签押。板：古代记事的木片。

③义气：指刚正忠义之气。

④竦然：震惊的样子。竦，同"悚"。

严武少以强俊知名①。蜀中坐衙③，杜甫袒跣登其几案③，武爱其才，终不害，然与章彝善④，再入蜀，谈笑杀之。及卒，其母喜曰："而后吾知免为宫婢矣。"

【注释】

①严武：少豪爽，以荫调太原府参军事，累迁殿中侍御史。安史之乱

后,历任成都尹、剑南节度使、京兆尹等职。在蜀累年,肆志逞欲,恣行猛政。横征暴敛殆至枯竭,然而吐蕃不敢犯境。强俊:强盛出众。

②坐衙:指在衙署办公。

③袒跣:袒衣露体并光着脚。跣,赤脚走路。

④章彝:先在严武衙内任判官,后为梓州刺史。

郭汾阳虽度量廓落①,然而有陶侃之僻②,动无废物。每收书皮之右劈下者③,以为逐日须,至文帖馀悉卷贮④。每至岁终,则散与主守吏,俾作一年之簿。所劈处多不端直,文帖且又繁积,吏不暇剪正,随斜曲联糊。一日,所用劈刀忽折,不馀寸许,吏乃铦以应召⑤,觉愈于全时。渐出新意,因削木如半镮势⑥,加于折刃之上,使才露锋,槛其书而劈之⑦。汾阳嘉其用心,曰:"真郭子仪部吏也。"言不废折刃也。时人遂效之,其制益妙。

【注释】

①郭汾阳:即郭子仪,唐玄宗时为朔方节度使,平安史之乱、破吐蕃,皆有功,官至太尉、中书令,封为汾阳王,号"尚父",故世多称其为郭汾阳或郭令公。廓落:指胸怀宽阔。

②陶侃:晋人,官至荆州刺史。苏峻叛晋,陶侃击杀有功,封长沙郡公,都督八州军事。僻:癖好,这里主要指郭子仪与陶侃一样,"动无废物"。

③书皮之右:唐代书写皆用卷子。卷子从右至左竖行书写,卷轴在左侧。一般书写时在卷子右侧留一段空白,以保护文字。由于这段是空白纸,可以再用,故郭子仪把它割了下来。劈(lí):割。

④文帖:公文。

⑤铦:锐利。

⑥半镮势:半环形,即月牙的样子。

⑦榼(kē):关合的意思。

武后已后,王侯妃主京城第宅日加崇丽①。天宝中,御史大夫王鉷有罪赐死②,县官簿录鉷太平坊宅③,数日不能遍。宅内有自雨亭子,檐上飞流四注,当夏处之,凛若高秋。又有宝钿井栏④,不知其价。他物称是。安禄山初承宠遇,敕营甲第⑤,瑰材之美为京城第一⑥。太真妃诸姊妹第宅,竞为宏壮,曾不十年,皆相次覆灭。肃宗时,京都第宅屡经残毁。代宗即位,宰辅及朝士当权者,争修第舍,颇为烦弊⑦,议者以为土木之妖。无何,皆易其主矣。中书令郭子仪勋伐盖代⑧,所居宅内诸院往来乘车马,僮客于大门出入,各不相识。词人梁锽尝赋诗曰:"堂高凭上望,宅广乘车行。"盖此之谓。郭令曾将出⑨,见修宅者,谓曰:"好筑此墙,勿令不牢!"筑者释锸而对曰⑩:"数十年来,京城达官家墙皆是某筑。祇见人改换,墙皆见在。"郭令闻之怆然⑪,遂入奏其事,因固请老⑫。

【注释】

①崇丽:高大华丽。

②王鉷:太原祁人。开元十年为郡县尉、京兆尹稻田判官。李林甫当政,王鉷深得倚重,官至御史大夫,权倾中外。后因其弟王銲参与谋不轨受牵连,赐死。

③簿录:查抄财产,登记造册。太平坊:为长安外郭朱雀门街西至明德门五十五坊之一。

④宝钿：用金银珠玉等制成的装饰品。

⑤甲第：豪华的宅第。

⑥瑰材：珍奇的栋梁之材。

⑦烦弊：弊害繁多。

⑧中书令：唐中书省的长官，与门下省、尚书省长官并为宰相，主持朝政。勋伐：功勋。盖代：为当世第一。

⑨郭令：即郭子仪，时称"郭令公"。

⑩锸（chā）：也作"插"，即铁锹类工具。

⑪怆然：悲伤的样子。

⑫请老：因年老请求允许解职。

　　元载于万年县佛堂子中谓主者①："乞一快死也。"主者曰："相公今日受些污泥，不怪也。"乃脱秽袜，塞其口而终。

【注释】

①元载：天宝初进士，后任新平尉，肃宗时，因与掌权宦官李辅国之妻同族而受到重用，累迁户部侍郎、充度支、江淮转运等使，后拜中书侍郎。代宗时，为中书侍郎同平章事，后又授予天下元帅行军司马。李辅国被盗杀以后，元载盗密旨以迎合皇帝，而更加受到皇帝信任，此后元载广置田宅，排除异己，最终赐死于万年县。主者：受命经办赐元载死的人。

卷六·补遗（起德宗至文宗）

颜鲁公尝得方士名药服之①，虽老，气力壮健如年三四十人。至奉使李希烈②，春秋七十五矣。临行，告人曰："吾之死，固为贼所杀必矣。且元载所得药方，亦与吾同，但载贪甚，等是死③，而载不如吾。吾得死于忠耶！"于是命取席固圜其身，挺立，一跃而出。又立两藤倚子相背，以两手握其倚处，悬足点空，不至地三二寸，数千百下。又手按床东南隅，跳至西北者，亦不啻五六。乃曰："既如此，疾焉得死吾耶？异日幸得归骨来秦，吾侄女为裴郾妻者郾即鲁公之亲表侄。此女最仁孝，及吾小青衣翦彩者④，颇善承事，是时汝必与二人同启吾棺，知有异于常人之死尔！如穆护穆护即鲁公男硕之小名也。天性之道，难言至此。"至蔡州，责希烈反逆无状⑤。竟不敢以面目相见，亦不敢以兵刃相恐，潜命献食者馈空器而已。翌日，贼令官翌来缢之。鲁公曰："老夫受篆及服药⑥，皆有所得。若断吭⑦，道家所忌。今赠使人一黄金带，吾死之后，但割吾他支节为吾吭血以给之⑧，死无所恨。"且曰："使人悟慧如此，不事明天子，反事逆贼，何所图也！"官翌从其言。至明年，希烈死，蔡师陈仙奇奉鲁公丧归京。犹子颜岘实从柳常侍与裴氏女及翦缲同迎丧于镇国仁寺⑨。咸遵遗旨，启棺如生柳制鲁公挽歌词曰："杀身终不恨，归丧遂如生。"

①颜鲁公:颜真卿生前曾封鲁郡公,故称其为颜鲁公。方士:方术之士,指古代求仙炼丹以求长生不死的人。

②李希烈:初为李忠臣的偏将,后为蔡州刺史、兼御史中丞、淮西节度使留后。以平梁崇义之功加南平郡王。德宗建中三年(782)起兵反唐,自称建兴王、天下都元帅。据汴洲以后,僭称皇帝,国号楚,建元武成。后被李仙奇杀死。颜真卿出使,即在李希烈称王之后、称帝之前。

③等是死:同样是死。

④小青衣:汉朝以后,青衣为卑贱者之服,故这里说的小青衣即小奴婢。

⑤反逆无状:反叛的罪行不可言状。

⑥受箓:接受道家的符箓,这种符箓多用于召神驱鬼、治病延年。

⑦吭:又作"亢",通"颃",咽喉。

⑧绐:欺骗。

⑨犹子:侄子。

兴元中①,有知马者曰李幼清,暇日常取适于马肆。有致悍马于肆者②,结镳交络其头③,二力士以木夹支其颐④,三四辈执絏而从之⑤,马气色如将噬,有不可驭之状。幼清逼而察之,讯于主者,且曰:"马之恶无不具也。将货焉,唯其所酬耳。"幼清以二万易之,马主尚惭其多。既而聚观者数百辈,讶幼清之决也。幼清曰:"此马气色骏异,体骨德度非凡马。是必主者不知马,俾杂驽辈槽栈⑥,陷败狼藉,刷涤不时,刍秣不适⑦,蹄啮踿奋⑧,蹇跛唐突⑨,志性郁塞⑩,终不得伸,无所顾赖,发而为狂躁,则无不为也。"既晡⑪,观者少间,乃别市一新络头,幼清自持,徐徐而前,语之曰:"尔材性不为人知,吾为汝易是镵,结杂秽之物。"马弭耳引首⑫。幼清自负其知,乃汤沐翦饰,别其皂栈⑬,异其刍秣。数日而神气一小变,逾月而大变。志性如君子,步骤如俊乂⑭,嘶如龙,顾如凤,乃天下之骏乘也。

宋沇为太常丞①,每言诸悬钟磬亡坠至多,补之者又乖律吕②。忽因于光宅佛寺待漏③,闻塔上铎声④,倾听久之。朝回,复止寺舍,问寺主僧曰:"上人塔上铎⑤,皆知所自乎?"曰:"不能知之。"曰:"某闻有一近制。某请一人循铃索历扣以辨之,可乎?"初,僧难,后许,乃扣而辨焉。寺众即言:"往往无风自摇,洋洋有声,非此也耶?'"犹曰:"是也,必因祠祭考本悬钟而应也。"因求摘取而观之,曰:"此姑洗编钟耳。"且请独缀于僧庭。归太常,令乐人与僧同临之,约其时彼扣本乐悬,此果应之,遂购而获。又曾送客至通化门,逢度支运乘⑥,驻马俄顷,忽草草揖客别,乃随乘至左藏门,认一铃,亦言编钟也。他人但见熔铸独工,不与众者埒⑦,莫知其馀。及配悬,音形皆全其度,异乎!

【注释】

①太常丞:太常寺属官,从五品下,掌礼仪。

②乖:背离,不一致。律吕:乐律的统称。古代乐律有阳律、阴律各六,阳律为律,阴律为吕。

③待漏:清晨文武百官准备上朝,拜见皇帝。漏,古代计时器。

④铎:古乐器。此处似指风铃。

⑤上人塔:上人塔,存放僧人遗骨的灵塔。佛教称具备德智善行的人为上人,后成为对僧人的敬称。

⑥度支:官署名。隶属户部,掌管会计军国财用。中唐以后,多以宰相或户部侍郎判度支事务。

⑦埒:等同。

贞元中,贾全为杭州,于西湖造亭,为"贾公亭",未五六年废。

贞元中①,郎中史牟为榷盐使②。有表生二人自郿来谒③,其母仍使子斋一青盐枕以奉牟④,牟封枕付库,杖杀二表生。

①贞元:唐德宗年号,公元785年至805年。

②郎中:官名。唐尚书省左、右司及六部诸司长官,分掌各司事务。榷盐使:唐德宗贞元十六年置,掌安邑、解县两盐池事务。

③表生:即外甥。鄜(fū):地名,今陕西富县。

④赍(jì):携带。青盐枕:用池盐制成的枕。

　　裴佶常话^①:少时姑夫为朝官,有清望^②。佶至其居,会退朝,浩叹曰^③:"崔昭何人^④,众口称美!此必行货贿者也。如此,安得不乱?"言未讫,门者报曰:"寿州崔使君候^⑤。"姑夫怒,呵门者,将鞭之。良久,束带强出。须臾,命茶甚急,又命馔,又令秣马、饭仆。佶曰:"前何倨^⑥?后何恭?"及入门,有喜色,揖佶而曰:"憩外舍^⑦。"未下阶,出怀中一纸,乃赠官绢千匹^⑧。

【注释】

①裴佶:先后任同州刺史、中书舍人、尚书右丞、国子祭酒、工部尚书等职。常:通"尝",曾经。

②清望:好的名望,受人敬重。

③浩叹:长叹,感慨深长。

④崔昭:先任左散骑常侍,后代宗大历三年迁京兆尹,德宗建中元年任江西观察使。

⑤寿州:今安徽寿县。使君:对州郡长官的尊称。

⑥倨:傲慢。

⑦外舍:相对内宅而言,外面的居室。

⑧官绢:公家的粗绸。

李司徒勉为开封县尉①，特善捕贼。时有不良试公之宽猛②，乃潜纳人贿，俾公知之。公召告吏卒曰："有纳其贿者，我皆知之。任公等自陈首，不得过三日，过则舁槥相见③。"其纳贿不良故逾限，而忻然自斋其槥至。公令取石灰、棘刺置于中，令不良人，命取钉钉之，送汴河讫，乃请见廉使④，廉使叹赏久之。后公为大梁节度使，人问公曰："今有官人如此，如何待之？"公曰："即打腿。"

崔膺性狂率，张建封爱其文①，引为客。随建封行营②，夜中大叫惊军，军士皆怒，欲食其肉。建封藏之。明日置宴，监军曰："某与尚书约③，彼此不得相违。"建封曰："唯。"监军曰："某有请，请崔膺。"建封曰："如约。"逡巡，建封又曰："某有请，亦请崔膺。"坐中皆笑，乃得免。

仆射。

②行营：行军。

③尚书：张建封曾为检校尚书右仆射，故监军称其为尚书。

　　顾况从辟①，与府公相失②，揖出幕③。况曰："某梦口与鼻争高下。口曰：'我谈古今是非，尔何能居我上？'鼻曰：'饮食非我不能辨。'眼谓鼻曰：'我近鉴豪端，远察天际，惟我当先。'又谓眉曰：'尔有何功，居我上？'眉曰：'我虽无用，亦如世有宾客，何益主人？无即不成礼仪。若无眉，成何面目？'"府公悟其讥，待之如初。又旧说："顾况与韦夏卿饮酒④，时金气已残⑤，夏卿请席征秋后意，或曰'寒蝉鸣'，或曰'班姬扇'⑥，而况云'马尾'，众哂之。曰：'此非在秋后乎'？"

【注释】

①从辟：应召出仕。

②府公：唐时称节度使、观察使为府公。

③幕：幕府的省称，指节度使或观察使的衙署。

④韦夏卿：唐代宗大历间举贤良方正，后官至太子少保。

⑤金气：秋天的气息。五行说中，秋天为金。

⑥班姬扇：亦称"班女扇"。汉成帝妃班婕妤失宠后，作《团扇》诗，以秋扇见弃自喻。比喻失宠者或废弃之物。

　　裴中令应举①，诣葫芦生问命，未之许，谓无科级之分。试日，入安上门②，人马拥并。见一妇人，类贾客之妻，从女奴皆衣服鲜洁，挈一合③，以紫帕封。女奴力勤④，置于门阃。门阃，失妇人所在,合复在阃傍,公以衫裾卫之⑤,意为他人所购,冀其主复至。举人悉集,公独在门,日晏终不去⑥。久之,妇人方悲号,公诘其冤抑,以状答曰⑦:"夫犯刑宪,其案已圆在朝夕。某家素丰,蓄一宝带,会有能救护者,与数万缗,至罗锦,悉不取,唯须此带。今早晨亲遣女使更持送,忽失所在,吾夫不免矣!"公识其主,即以予之。妇人再拜,泣谢而去。试不及,免罢一举。他日复访葫芦生,生见公,惊曰:"君非去年相遇者耶?君将来及第,兼位极人臣,盖近有阴德⑧。"

【注释】

①裴中令:即裴度。开成中,拜授中书令,故时人多称其为裴中令。

②上门:闭门加闩。

③挈:提着。合:今亦作盒。

④阑(niè):竖在门中央的矮石桩或木橛,以保障两扇门关合之后,保持在一条直线上。

⑤衫:古人短的单衣。裾:衣服的前襟。

⑥日晏:指太阳偏西甚至快下山了。

⑦以状:指以上文所说的悲号之状。

⑧阴德:暗中施德于人,指其救了妇人丈夫一命。

刘禹锡守连州①,替高霞寓②。霞寓后入为羽林将军,自京附书曰:"以承眷,辄请自代矣。"公曰:"奉感。然有一话:曾有老妪山行,见一兽如大虫③,赢然跰步而不进④,若伤其足者。妪因即之,而虎举前足以示妪,妪看之,乃有芒刺在掌下⑤,因为拨之。俄而奋迅阚吼⑥,别妪而去,似媿其恩者。及归,翌日,自外掷麇鹿、狐兔至于庭者,日无阙焉。妪登垣视之,乃前伤虎也。

因为亲族具言其事，而心异之。一旦，忽掷一死人，血肉狼藉，乃被村人凶者呵捕，云'杀人'。妪具说其由，始得释缚。乃登垣，伺其虎至而语之曰：'感则感矣！叩头大王，已后更莫抛人来也！'"

【注释】

①刘禹锡：中唐时期的著名诗人。初从杜佑入朝，为监察御史。贞元末，与柳宗元、陈谏、韩晔等结交于王叔文，于顺宗永贞元年(805)，参加了以王叔文、王丕为首的政治革新，但惨遭失败，王叔文被杀，刘禹锡被坐贬连州刺史，又改贬朗州司马。元和九年十二月，刘禹锡奉召回京。后任连州刺史、夔州刺史、和州刺史、主客郎中、礼部郎中、苏州刺史等职。

②高霞寓：元和初年擢授军职兼御史大夫。击败刘闢，以功拜彭州刺史，封感义郡王。元和六年(811)，改丰州刺史，三城都团练防御使，六迁至检校工部尚书等。

③大虫：即老虎。

④赢然：瘦弱的样子。

⑤芒刺：草木茎叶、果壳上的小刺。

⑥阚吼：吼叫。

西蜀官妓薛涛者①，辩慧知诗。尝有黎州刺史作《千字文令》②，带禽鱼鸟兽，乃曰："有虞陶唐③。"坐客忍笑不罚。至薛涛，云："佐时阿衡④。"其人谓语中无鱼鸟，请罚。薛笑曰："衡字尚有小鱼子，使君'有虞陶唐'都无一鱼！"宾客大笑，刺史初不知觉。

①西蜀:指今四川省。薛涛:字洪度,唐长安人。因家贫而入乐籍,工诗词。薛涛在民间甚有影响,她作诗的小笺,人称"薛涛笺";她居住地之井,人称"薛涛井"。

②《千字文令》:多人饮酒时,按一定要求选用《千字文》中句子进行的一种联句,联不出或联错的即罚酒。

③有虞:舜为有虞氏,这里虞谐"鱼"之音,故这位刺史误当成了"鱼"。陶唐:尧为陶唐氏。

④佐时:辅佐时政。阿衡:商代的官名,后人多用此引申为辅佐帝王、主持国政。这里用作官称。

卷七·补遗（起武宗至昭宗）

周瞻举进士，谒李卫公①，月馀未得见。阍者曰②："公讳吉③，君姓中有之④。公每见名纸，即颦蹙⑤。"瞻俟公归⑥，突出肩舆前，讼曰："君讳偏傍，则赵壹之后数不至'三'，贾山之家语不言'出'，谢石之子何以立碑？李牧之男岂合书姓？"卫公遂入。论者谓两失之。

【注释】

①李卫公：指李德裕，曾封卫国公，故称李卫公。

②阍(hūn)者：守门的人。

③公讳吉：公指李德裕，父名李吉甫，故讳吉字。

④君姓中有之：指周字中含有"吉"字。

⑤颦蹙：皱眉头。

⑥俟：等待。

杜牧少登第①，恃才，喜酒色。初辟淮南牛僧孺幕②，夜即游妓舍，厢虞候不敢禁③，常以榜子申僧孺④，僧孺不怪。逾年，因朔望起居⑤，公留诸从事从容⑥，谓牧曰："风声妇人若有顾盼者⑦，可取置之所居，不可夜中独游。或昏夜不虞⑧，奈何？"牧初拒讳⑨，僧孺顾左右取一箧至，其间榜子有馀，皆厢司所申。牧乃愧谢。

①杜牧:杜佑之孙。唐文宗大和二年进士,授弘文馆校书郎。历任黄州、池州、睦州刺史及中书舍人等职。善属文,诗情致豪迈,人称"小杜",以别杜甫。

②辟:征召。牛僧孺:唐穆宗、唐文宗时宰相。他一生历德、顺、宪、穆、敬、文、武、宣八代。在牛李党争中是牛党的领袖。以方正敢言,好学博闻。因曾任淮南节度副使,故以淮南称之。

③厢虞候:城厢的虞候。虞候,唐藩镇所设厢武官官职,为衙前之职,又称"军候"。

④榜子:唐人用于奏事、通谒的小文。今称之札子。

⑤朔望:农历每月的初一和十五。此朔望指每逢这两日,下属拜见上司。

⑥从事:官名。州部属吏。唐藩幕僚泛称从事,非职事官。

⑦风声:声名,指扬名于外者。

⑧不虞:出乎意料的事。

⑨拒讳:拒绝,隐讳。

宣宗时①,越守进女乐,有绝色。上初悦之。数日,锡予盈积②。忽晨兴不乐,曰:"明皇帝只一杨妃③,天下至今未平,我岂敢忘?"召诣前曰④:"应留汝不得。"左右奏"可以放还",上曰:"放还我必思之,可赐酖一杯⑤。"

【注释】

①宣宗:名李忱,宪宗第十三子,始封为光王。武宗会昌六年(846)立为皇太叔,三月即皇帝位,改元大中,公元847年至860年在位。唐宣

宗勤于政事，整顿吏治，并且限制皇亲和宦官。史臣赞其"精于听断，而以察为明，无复仁恩之意"。

②锡：通"赐"，予，赐给。盈积：充塞，堆满。

③明皇帝：即唐玄宗李隆基，又称唐明皇，睿宗第三子。平韦氏之乱，睿宗即位，立为皇太子，先天元年八月即皇帝位，公元712年至756年在位。杨妃：唐玄宗宠妃杨玉环。

④诣(yì)：到。

⑤酖：以毒酒毒人。

崔相慎由廉察浙西①，左目生赘肉②，欲蔽瞳仁，医久无验。闻扬州有穆生善医眼，托淮南判官杨收召之。收书报云："穆生性粗疏，恐不可信。有谭简者，用心精审，胜穆生远甚。"遂致以来。既见，白崔曰："此立可去。但能安神不挠，独断于中，则必效矣。"崔曰："如约，虽妻子必不使知闻。"又曰："须用天日晴明，亭午于静室疗之③，始无忧矣。"问崔饮多少？曰："饮虽不多，亦可引满。"谭生大喜。是日，崔引谭生于宅北楼，惟一小竖在④，更无人知者。谭生请崔饮酒，以刀圭去赘⑤，以绛帛拭血，傅以药，遣报妻子知。后数日，征召至金陵。及作相，谭生已卒。

【注释】

①崔相慎由：崔慎由，字敬止，唐宣宗时曾为宰相，故称崔相。

②赘肉：也叫赘疣，生在体表的一种肉瘤。

③亭午：正午

④小竖：童仆。

⑤刀圭：一种医用小刀，用以取药。

令狐绹以姓氏少,宗族有归投者,多慰荐之。繇是远近趋走,至有胡氏添"令"者。进士温庭筠戏为词曰:"自从元老登庸后①,天下诸'胡'悉带'令'。"

卢司空钧为郎官①,守衢州,有进士赘谒②,公开卷阅其文十馀篇,皆公所制也。语曰:"君何许得此文?"对曰:"某苦心夏课所为③。"公云:"此文乃某所为,尚能自诵。"客乃伏,言:"某得此文,不知姓名,不悟员外撰述者。"

韦楚老,李宗闵之门生①。自左拾遗辞官东归②,居于金陵③。常乘驴经市中,貌陋而服衣布袍,群儿陋之。指画自言曰:"上不属天,下不属地,中不累人,可谓大韦楚老。"群儿皆笑。与杜牧同年生④,情好相待。初以谏官赴征⑤,值牧分司东都,以诗送。及卒,又以诗哭之。

①李宗闵:郑王元懿四世孙。贞元二十一年登进士第,元和三年又中贤良方正、能直言极谏科,授洛阳尉。七年入为监察御史,累迁礼部员外郎。宗闵与牛僧孺善,引之入相,与李德裕交恶,凡其党皆逐之。

②左拾遗:官名。唐朝始设置,从八品上,属门下省,掌供奉讽谏。

③金陵:即今江苏南京及江宁。

④同年生:科举制度中同榜的人称同年生,或同年、同甲。

⑤谏官:掌谏诤的官员,唐代拾遗、补阙等属谏官。征:征召。

广州监军吴德鄘离京师,病脚蹒跚,三载归,足疾复平。宣宗问之,遂为上说罗浮山人轩辕集之医。上闻之,驿召集赴京师①。既至,馆于南山亭院②,外庭不得见也。谏官屡以为言,上曰:"轩辕道人口不干世事,勿以为忧。"留岁馀放归。授朝散大夫、广州司马③,集不受。

【注释】

①驿召:以驿马传召。

②馆:留宿。

③朝散大夫:官名。唐代文散官,从五品下。司马:官名。唐代司马为州府佐吏,实际无具体职务,多用以安置被贬大臣,或用以转迁官阶和寄禄官。

大中十二年,宣州将康全泰噪逐观察使郑熏①,乃以宋州刺史温璋治其罪。时萧寘为浙西观察使,与宣州接连,遂擢用武臣李琢代真,建镇海军节度使,以张掎角之势②。兵罢后,或言琢虚立官健名目③,广占衣粮自入。宣宗命监察御史杨载往,按复军籍④,无一人虚者。载还奏之,谤者始不胜。

【注释】

①噪逐:聚众叫骂驱逐。观察使:唐太宗时设置。唐朝前期,朝廷不定期派出使者监察州县官名并无定规。唐朝后期,多由节度使兼任。

②掎角:也作"犄角"。掎即拖住兽脚,角即抓住兽角,后多称分兵牵制敌人或夹击敌人为掎角。比喻两头牵制或两面夹击。

③健名目:贪占名目。

④按复军籍:按即考核,复即审查,考核审察军队的名册之意。

滑州城①,北枕河堤②,常有沦垫之患③。贞元中,贾丞相耽凿八角井于城隅④,以镇河水。咸通初⑤,刺史李橦以其事上闻⑥,立贾公祠,命从事韦岫纪其事⑦。

【注释】

①滑州:唐朝地名,曾名为灵昌郡,在今河南滑县附近。

②枕:临,靠近。河:黄河。

③沦垫:沦没,下陷。

④贾丞相耽:贾耽,历任贝州临清县尉、太原少尹、检校工部尚书、山南西道节度使、检校右仆射、滑州刺史、义成军节度使、同中书门下平章事。贾耽任同中书门下平章事达十三年之久,故称贾丞相。

⑤咸通:唐懿宗年号,公元860年至874年。

⑥刺史:官名。唐代一州行政长官,品秩依州等级不等。上闻:让朝廷闻知。

沈宣词尝为丽水令,自言家大梁时①,厩常列骏马数十,而意常不足。咸通六年,客有马求售,洁白而毛鬣类朱②,甚异之,酬以五十万,客许而直未及给,遽为将校王公遂所买。他日,谒公遂,问向时马,公遂曰:"竟未尝乘。"因引出,至则奋眄③,殆不可跨,公遂怒捶之,又仆,度终不可禁。翌日,令诸子乘之,亦如是;诸仆乘,亦如是,因求前所直售宣词。宣词得之,复如是。会魏帅李公蔚市贡马,前后至者皆不可。公阅马,一阅遂售之。后入飞龙④,上最爱宠⑤,为当时名马。

【注释】

①大梁:即今河南开封。

②毛鬣(liè):指马脖子上的毛。

③奋眄(miǎn):举头斜视,不驯服的样子。

④飞龙:指皇家。

⑤上:皇上的省称,这里指唐懿宗李漼。

毕诚家本寒微。咸通初,其舅向为太湖县伍伯,诚深耻之,常使人讽令解役,为除官。反复数四,竟不从命。乃特除选人杨载为太湖令①。诚延之相第,嘱为舅除其猥籍②,津送入京。杨令到任,具达诚意。伍伯曰:"某贱人也,岂有外甥为宰相耶?"杨坚勉之,乃曰:"某每岁秋夏征租,享六十千事例钱,苟无败阙,终身优足。不审相公欲致何官耶?"杨乃具以闻诚,诚亦然其说,竟不夺其志也。又王蜀伪相庾传素③,与其从弟凝绩④,曾宰蜀州唐兴县。郎吏有杨会者,微有才用,庾氏昆弟深念之。泊迭秉蜀政,欲为杨会除长马以酬之⑤。会曰:"某之吏役,远近皆知,忝冒为官,宁掩人口?岂可将数千家供待,而博一虚名长马乎?"后虽假职名,止除检校官⑥,竟不舍县役,亦毕舅之次也。

【注释】

①选人:候补,候选的官员。

②猥籍:卑贱的职位。

③王蜀:王指王建,蜀指其在东西二川所建的国号,公元907年至925年,历十八年,史称前蜀。庾传素:王建时为蜀州刺史,王衍时加太子少保,后降唐,仍为刺史。

④从弟:也称堂弟,为同祖父的叔伯兄弟。

⑤长马:长史和司马的合称,皆为蜀设的官名。

⑥检校官:即有名而无实的官。

咸通初,洛中谣曰:"勿鸡言,送汝树上去;勿鸭言,送汝水中去。"又曰:"勿笑父母不认汝。"及李纳为河南尹①,是年大水,纳观水于魏王堤上②,波势浸盛,虑其覆溺,于是策马而回。时人语曰:"昔瓠子将坏③,而王尊不去④;洛水未至,而李纳已回。"是时男女多栖于木,咸为所漂者,父母观之不能救。

【注释】

①李纳:历任浙东观察使、河南尹、华州刺史、兵部尚书,以太子太傅卒。河南尹:河南府最高行政长官。

②魏王堤:地名,在河南洛阳南,因魏王李泰而得名。

③瓠(hù)子：即瓠子金堤，亦称瓠子口，在河阳濮阳县南。

④王尊：汉代涿郡高阳人。任东郡太守时，黄河泛滥，泛浸瓠子金堤，祀水神河伯，并请以身填瓠子金堤，大水冲垮堤堰，王尊仍坚守在堤旁，很快水位下降，灾情消除。

咸通末，曹相确、杨相收、徐相商、路相岩同为宰相①。杨、路以弄权卖官，曹、徐但备员而已②。长安谣曰：确确无论事③，钱财总被收④。商人都不管⑤，货赂几时休！

【注释】

①曹相确：曹确，懿宗时为同平章事。杨相收：杨收，懿宗时为相，后流驩州，赐死。徐相商：徐商，宣宗时为河中节度使，后累进太子太保。路相岩：路岩，咸通时以兵部侍郎同平章事，通赂遗，奢肆不法，后流儋州，赐死。

②备员：充数。

③确确：前指曹确，后为确实之意。

④收：指杨收。

⑤商：即徐商。

僖宗入蜀①，太史历本不及江东②，而市有印货者③，每差互朔晦④，货者各征节候⑤，因争执。里人拘而送公，执政曰："尔非争月之大小尽乎⑥？同行经纪，一日半日，殊是小事。"遂叱去。而不知阴阳之历，吉凶是择，所误于众多矣！

①僖宗:即李儇,是唐代倒数第三位皇帝,在位于公元874年至888年。广明元年(880)末,黄巢军攻入长安,僖宗于中和元年(881)到达成都。

②太史:官职,在唐代专司占候天文、修造历法。历本:历书。这里指唐太史局颁布的历书。

③印货:刊印发卖。

④朔晦:阴历每月初一为朔,每月最后一天为晦。这里指私人刊印的历本朔晦互有差别。

⑤各征节候:各自征引节气、物候以佐证自己历本的正确。

⑥月之大小尽:阴历大尽每月三十日,小尽每月二十九日。

　　方干貌陋唇缺①,味嗜鱼鲊②,性多讥戏。萧中丞典杭③,军倅吴傑患眸子赤④;会宴于城楼饮,促召傑。傑至,目为风掠,不堪其苦,宪笑命近座女伶裂红巾方寸帖脸,以障风。干时在席,因为令戏傑曰:一盏酒,《一捻盐》,止见门前悬箔⑤,何处眼上垂帘? 傑还之曰:一盏酒,一裔鲊⑥,止见半臂著襕⑦,何处口唇开袴⑧? 一席绝倒。尔后人多目干为"方开袴"。

【注释】

①方干:由于貌丑,兔唇,有司不与科名,隐居于会稽镜湖。死后,由于宰相张文蔚的褒举,追赐及第,后进私谥为玄英先生,有诗集十卷传世。

②鱼鲊:即腌鱼、糟鱼之类的食品。

③典杭:即掌管杭州。典:主持、主管。

④军倅:军队的副长官。

⑤悬箔:指悬挂廉子。

⑥脔鲊:切成块状的酶鱼或糟鱼。

⑦裲:裲即衫,短袖的单衣。

⑧开裆:开裆裤,这里喻兔唇好比唇上开了裆。

　　驸马韦保衡为相①,颇弄权势。及将败,长安小儿竞彩戏②,谓之"打围"③。不旬日,韦祸及。

【注释】

①韦保衡:成通五年(864)登进士第,累拜起居郎。十年(869),尚懿宗女同昌公主,迁起居郎、驸马都尉。旋为翰林学士,转郎中,正拜中书舍人、兵部侍郎承旨。成通十一年(870),公主去世,渐受冷落。成通末年,被赐死。

②竞彩戏:一种儿童比赛胜负的游戏。

③打围:这里"围"谐"韦"音,即"打韦"。

卷八·补遗（无时代）

太湖中有禹庙①。山僧云："禹导吴江以洩具区②，会诸侯于此③。"

【注释】

①禹庙：禹，即夏禹，又称大禹，夏后氏部落领袖。相传大禹采用疏导的方法治水，历经十三年，三过家门而不入，终于平息水患。为感念大禹治水的功劳，多处百姓修建大禹庙，太湖禹庙是其中之一。

②吴江：即吴淞江，太湖最大的支流。自湖东北流经吴江、昆山、嘉定等地，汇合黄浦江入海。具区：即太湖。

③诸侯：此处指各部落首领。

有齿鞋匠与乐工居隔壁①。齿鞋者母卒未殓②，乐工理声不辍③。匠者怒，因相诉成讼④。乐工曰："此某业也！苟不为，衣与食且废。"执政判曰："此本业，安可丧辍？他日乐工有丧事，亦任尔齿鞋不辍。"

【注释】

①齿鞋匠：做木屐的鞋匠。因木屐底外有齿，故称齿鞋匠。

②殓：收尸入棺。

③不辍：不停。

④相诟:互相谩骂。

唐建中初①,士人韦生移家汝州,中路逢一僧,因与连镳②,言论颇洽。日将夕,僧指路歧曰③:"此数里是贫道兰若④,郎君能垂顾乎?"士人许之,因令家口先行,僧即处分从者供帐具食⑤。行十馀里,不至,韦生问之,即指一处林烟曰⑥:"此是矣。"及至,又前进。日已昏夜,韦生疑之。素善弹,乃密于靴中取张卸弹,怀铜丸十馀,方责僧曰:"弟子有程期⑦,适偶贪上人清论⑧,勉副相邀。今已行二十里不至,何也?"僧但言且行是。僧前行百馀步,韦生知其盗也,乃弹之僧,正中其脑。僧初若不觉,凡五发中之,僧始扪中处,徐曰:"郎君莫恶作剧!"韦生知无可奈何,亦不复弹。良久,至一庄墅。数十人列火炬出迎。僧延韦生坐一厅中,笑云:"郎君勿忧。"因问左右:"夫人下处如法无?"复曰:"郎君且自慰安之,即就此也。"韦生见妻女别在一处,供帐甚盛,相顾涕泣。即就僧,僧前执韦生手曰:"贫道盗也!本无好意。不知郎君艺若此,非贫道亦不支也。今日固无他,幸不疑耳。适来贫道所中郎君弹悉在。"乃举手搦脑后⑨,五丸坠焉。有顷布筵,具蒸犊⑩,犊上剒刀子十馀,以齑饼环之⑪。揖韦生就座,复曰:"贫道有义弟数人,欲令谒见。"言已,朱衣巨带者五六辈列于阶下。僧呼曰:"拜郎君!汝等向遇郎君,即成齑粉矣!"食毕,僧曰:"贫道久为此业,今向迟暮,欲改前非,不幸有一子,技过老僧,欲请郎君为老僧断之。"乃呼飞飞出参郎君。飞飞年才十六七,碧衣长袖,皮肉如腊。僧曰:"向后堂侍郎君!"僧乃授韦一剑及五丸,且曰:"乞郎君尽艺杀之,无为老僧累也。"引韦入一堂中,乃反镍之⑫。堂中四隅,明灯而已。飞飞当堂执一短鞭。韦引弹,意必中,丸已敲落。不觉跃在梁上,循壁虚蹑,捷若猱玃⑬。弹丸尽,不复中,韦乃运剑逐之,飞飞倏忽逗闪,去韦身不尺。韦断其鞭数节,竟不能伤。僧久乃开门,问韦:"与老僧除得害乎?"韦具言之。僧怅然,顾飞飞曰:"郎君证成汝为贼也,知复如何?"僧终夕与韦论剑及弧矢之事⑭。天将晓,僧送韦路口,赠绢百疋,垂泣而别。

【注释】

①建中:唐德宗的年号,公元780年至783年。

②连镳:两骑连并,表示一同走路。镳,马嚼子。

③路歧:出现岔路,大路上分出的小路。

④兰若:指寺庙。

⑤处分:指吩咐。供帐具食:供设帷帐准备饭食。

⑥林烟:林木和炊烟,是人们居住地方的显著特点之一。

⑦程期:规定的日期。

⑧上人:为对僧人的敬称。清论:高雅的谈论。

⑨搦:以手按压。

⑩犊:小牛。

⑪齑饼:切碎的饼。

⑫反镍之:"镍"同"锁"。这里是说门从外面锁上了。

⑬猱玃:即玃猱,一种猴。

⑭弧矢:弓箭。

辑佚

杜河南兼聚书万卷^①，每卷后题云："请俸写来手自校^②。汝曹读之知圣道^③，坠之、鬻之为不孝^④。"

【注释】

①杜河南兼：杜兼，建中初举进士，历任从事，濠州刺史、刑部郎中、河南尹等职。因曾任河南尹，故称杜河南。

②请俸：即得到的俸禄。俸，朝廷发给官员的禄。手自校：指亲手校订花钱请人写来的书。

③汝曹：你们，指其儿孙。

④坠：流散。鬻：卖。

王彦伯既著^①，列三、四灶，煮药于庭。老幼塞门来请^②。彦伯指曰："热者饮此^③，寒者饮此^④，风者、气者饮此^⑤。"皆饮而去。

【注释】

①著：出名。

②塞门：堵门，形容上门求医问药的人众多。

③热者：因外感而引起热性病的患者。

④寒者：因受寒而得疾病的患者。

⑤风者、气者:皆为古代疾病名。

崔殷梦知举①,吏部尚书归仁晦托弟仁泽②,殷梦唯唯而已。无何,仁晦复托之,至于三四,殷梦敛色端笏曰③:"某见进表让此官矣!"仁晦始悟,已姓殷梦讳也④。

【注释】

①崔殷梦:字济川,唐懿宗咸通八年,以司勋员外郎,考吏部宏词选人,即此处所指。

②归仁晦:曾于唐宣宗大中年间镇守大梁,僖宗乾符三年,为吏部尚书。

③端笏:笏是古代大臣朝见天子时所拿的手板,用以记事。这里的端笏,即拿正笏板,是表示将要朝见天子之意。

④己姓殷梦讳也:崔殷梦的父亲叫崔龟从,唐宣宗时曾为宰相。归仁晦的姓氏正与"龟"同音,故崔殷梦避讳。

附录

大唐新语/〔唐〕刘　肃撰

序

　　自庖牺画卦,文字聿兴,立记注之司,以存警诫之法。《传》称左史记言,《尚书》是也;右史记事,《春秋》是也。洎唐虞氏作,木火递兴,虽戢干戈,质文或异。而九丘、八索,祖述莫殊。宣父删落其繁芜,丘明捃拾其疑阙,马迁创变古体,班氏遂业前书。编集既多,省览为殆。则拟虞卿、陆贾之作,袁宏、荀氏之录,虽为小学,抑亦可观。尔来记注,不乏于代矣。圣唐御寓,载几二百,声明文物,至化玄风,卓尔于百王,辉映于前古。肃不揆庸浅,辄为篡述,备书微婉,恐贻床屋之尤;全采风谣,惧招流俗之说。今起自国初,迄于大历,事关政教,言涉文词。道可师模,志将存古,勒成十三卷,题曰《大唐世说新语》。聊以宣之开卷,岂敢传诸奇人。

　　时元和丁亥岁有事于圜丘之月序。

匡赞第一

杜如晦,少聪悟,精彩绝人。太宗引为秦府兵曹,俄改陕州长史。房玄龄闻于太宗曰:"余人不足惜,杜如晦聪明识达,王佐之才。若大王守藩,无所用之,必欲经营四方,非此人不可。"太宗乃请为秦府掾,封建平县男,补文学馆学士。令文学褚亮为之赞曰:"建平文雅,休有烈光,怀忠履义,身立名扬。"贞观初,为右仆射,玄龄为左仆射。太宗谓之曰:"公为仆射,当须大开耳目,求访贤哲,此乃宰相之弘益。比闻听受词诉,日不暇给,安能为朕求贤哉!"自是,台阁规模,皆二人所定。其法令意在宽平,不以求备取人,不以己长格物。如晦、玄龄引进之,如不及也。太宗每与玄龄图事,则曰:"非如晦莫能筹之。"及如晦至,卒用玄龄之策。二人相须,以断大事。迄今言良相者,称房杜焉。及如晦薨,太宗谓虞世南曰:"吾与如晦,君臣义重。不幸物化,实痛于怀。卿体吾意,为制碑也。"后太宗尝新瓜美,怆然悼之,辍其半,使置之灵座。及赐玄龄黄银带,因谓之曰:"如晦与公,同心辅朕,今日所赐,惟独见公。"泫然流涕。以黄银带辟恶,为鬼神所畏,命取金带,使玄龄送之于其家也。

魏征常陈古今理体,言太平可致。太宗纳其言,封德彝难之曰:"三代已后,人渐浇讹,故秦任法律,汉杂霸道,皆欲理而不能,岂能理而不欲。魏征书生,若信其虚论,必乱国家。"征诘之曰:"五帝三皇,不易人而理,行帝道则帝,行王道则王,在其所化而已。考之载籍,可得而知。昔黄帝与蚩尤战,既胜之后,便致太平。九夷乱德,颛顼征之,既克之后,不失其理。桀为乱,汤放之;纣无道,武王伐之,而俱致太平。若言人渐浇讹，不反朴素，至今应为鬼魅，宁可得而教化耶！"德彝无以难之。征薨，太宗御制碑文并御书。后为人所谗，敕令踣之。及征辽不如意，深自悔恨，乃叹曰："魏征若在，不使我有此举也。"既渡水，驰驿以少牢祭之，复立碑焉。

太宗尝临轩，谓侍臣曰："朕所不能恣情以乐当年，而励心苦节，卑宫菲食者，正为苍生耳。我为人主，兼行将相事，岂不是夺公等名？昔汉高得萧、曹、韩、彭，天下宁晏；舜、禹、殷、周得稷、契、伊、吕，四海乂安。如此事，朕并兼之。"给事中张行成谏曰："有隋失道，天下沸腾。陛下拨乱反正，拯生人于涂炭，何禹、汤所能拟。陛下圣德含光，规模弘远。然文武之烈，未尝无将相。何用临朝对众，与其校量，将以天下已定，不籍其力，复以万乘至尊，与臣下争功。臣闻：'天何言哉，而四时行焉。'又曰：'汝唯弗矜，天下莫与汝争功。'臣备员近枢，非敢知献替事，辄陈狂直，伏待菹醢。"太宗深纳之，俄迁侍中。

太子承乾既废，魏王泰因入侍，太宗面许立为太子，乃谓侍臣曰："青雀入见，自投我怀中，云：'臣今日始得与陛下为子，更生之日；臣有一孽子，百年之后，当为陛下煞之，传国晋王。'父子之道，固当天性。我见其意，甚矜之。"青雀，泰小字也。褚遂良进曰："失言，伏愿审思，无令错误。安有陛下万岁之后，魏王持国执权为天子，而肯杀其爱子，传国晋王者乎？陛下顷立承乾，后宠魏王，爱之逾嫡，故至于此。今若立魏王，须先措置晋王，始得安全耳。"太宗涕泗交下，曰："我不能也。"因起入内。翌日，御两仪殿，群臣尽出，诏留长孙无忌、房玄龄、李绩、褚遂良，谓之曰："我有三子一弟，所为如此，我心无憀。"因自投于床。无忌争趋持，上抽佩刀，无忌等惊惧。遂良于手争取佩刀，以授晋王。因请所欲立，太宗曰："欲立晋王。"无忌等曰："谨奉诏。异议者请斩之。"太宗谓晋王曰：

"汝舅许汝也,宜拜谢之。"晋王因下拜。移御太极殿,召百寮,立晋王为皇太子。群臣皆称万岁。

高宗朝,晋州地震,雄雄有声,经旬不止。高宗以问张行成,行成对曰:"陛下本封于晋,今晋州地震,不有征应,岂使徒然哉! 夫地,阴也,宜安静,而乃屡动。自古祸生宫掖,衅起宗亲者,非一朝一夕。或恐诸王、公主,谒见频烦,承间伺隙。复恐女谒用事,臣下阴谋。陛下宜深思虑,兼修德,以杜未萌。"高宗深纳之。

则天朝,默啜陷赵、定等州,诏天官侍郎吉顼为相州刺史,发诸州兵以讨之,略无应募者。中宗时在春宫,则天制皇太子为元帅,亲征之。吏人应募者,日以数千。贼既退,顼征还,以状闻。则天曰:"人心如是耶?"因谓顼曰:"卿可于众中说之。"顼于朝堂昌言,朝士闻者喜悦。诸武患之,乃发顼弟兄赃状,贬为安固尉。顼辞日,得召见,涕泪曰:"臣辞阙庭,无复再谒请言事。臣疾亟矣,请坐筹之。"则天曰:"可。"顼曰:"水土各一盆,有竞乎?"则天曰:"无。"顼曰:"和之为泥,竞乎?"则天曰:"无。"顼曰:"分泥为佛,为天尊,有竞乎?"则天曰:"有。"顼曰:"臣亦为有。窃以皇族、外戚,各有区分,岂不两安全耶! 今陛下贵贱是非于其间,则居必竞之地。今皇太子万福,而三思等久已封建,陛下何以和之? 臣知两不安矣。"则天曰:"朕深知之,然事至是。"顼与张昌宗同供奉控鹤府,昌宗以贵宠惧不全,计于顼。顼曰:"公兄弟承恩泽深矣,非有大功,必无全理。唯一策,若能行之,岂唯全家,当享茅土之封。除此外,非顼所谋。"昌宗涕泣,请闻之。顼曰:"天下思唐德久矣,主上春秋高,武氏诸王殊非所属意。公何不从容请复相王、庐陵,以慰生人之望!"昌宗乃乘间屡言之。几一岁,则天意乃易,既知顼之谋,乃召顼问。顼对曰:"庐陵、相王皆陛下子。高宗初顾托于陛下,当有所注意。"乃迎中宗,其兴复唐室,顼有力焉。睿宗登极，下诏曰："曩时王命中圮，人谋未辑，首陈反正之议，克创祈天之业，永怀忠烈，宁忘厥勋，可赠御史大夫。"

则天以武承嗣为左相。李昭德奏曰："不知陛下委承嗣重权，何也？"则天曰："我子侄，委以心腹耳。"昭德曰："若以姑侄之亲，何如父子？何如母子？"则天曰："不如也。"昭德曰："父子、母子尚有逼夺，何诸姑所能容？使其有便，可乘御宝位，其遽安乎？且陛下为天子，陛下之姑受何福庆？而委重权于侄乎？事之去矣。"则天矍然，曰："我未思也。"即日罢承嗣政事。

长安末，张易之等将为乱。张柬之阴谋之，遂引桓彦范、敬晖、李湛等为将，委以禁兵。神龙元年正月二十三日，晖等率兵，将至玄武门，王同皎、李湛等先遣往迎皇太子于东宫，启曰："张易之兄弟，反道乱常，将图不轨。先帝以神器之重，付殿下主之，无罪幽废，人神愤惋，二十三年于兹矣。今天启忠勇，北门将军、南衙执政，克期以今日诛凶竖，复李氏社稷。伏愿殿下暂至玄武门，以副众望。"太子曰："凶竖悖乱，诚合诛夷。如圣躬不康何？虑有惊动，请为后图。"同皎讽谕久之，太子乃就路。又恐太子有悔色，遂扶上马，至玄武门，斩关而入，诛易之等于迎仙院。则天闻变，乃起见太子曰："乃是汝耶？小儿既诛，可还东宫。"桓彦范进曰："太子安得更归！往者，天皇弃群臣，以爱子托陛下。今太子年长，久居东宫，将相大臣思太宗、高宗之德，诛凶竖，立太子，兵不血刃而清内难，则天意人事，归乎李氏久矣。今圣躬不康，神器无主，陛下宜复子明辟，以顺亿兆神祇之心。臣等谨奉天意，不敢不请陛下传立爱子，万代不绝，天下幸甚矣。"则天乃卧不语，见李湛曰："汝是诛易之兄弟人耶？我养汝辈，翻见今日。"湛不敢对。湛，义府之子也。

景云二年二月,睿宗谓侍臣曰:"有术士上言,五日内有急兵入宫,卿等为朕备之。"左右失色,莫敢对。张说进曰:"此有谗人设计,拟摇动东宫耳。陛下若使太子监国,则君臣分定,自然窥觎路绝,灾难不生。"姚崇、宋璟、郭元振进曰:"如说所言。"睿宗大悦,即日诏皇太子监国。时太平公主将有夺宗之计,于光范门内乘步辇,俟执政以讽之,众皆恐惧。宋璟昌言曰:"太子有大功于天下,真社稷主,安敢妄有异议。"遂与姚崇奏:"公主就东都,出宁王以下为刺史,以息人心。"睿宗曰:"朕更无兄弟,唯有太平一妹,朝夕欲得相见。卿勿言,余并依卿所奏。"公主闻之,大怒。玄宗惧,乃奏崇、璟离间骨肉,请加罪黜,悉停宁王已下外授。崇贬申州刺史,璟楚州刺史。

苏颋,神龙中给事中,并修弘文馆学士,转中书舍人。时父瑰为宰相,父子同掌枢密,时人荣之。属机事填委,制诰皆出其手。中书令李峤叹曰:"舍人思如泉涌,峤所不及也。"后为中书侍郎,与宋璟同知政事。璟刚正,多所裁断,颋皆顺从其美。璟甚悦之,尝谓人曰:"吾与彼父子,前后皆同时为宰相。仆射长厚,诚为国器;献可替否,馨尽臣节,颋过其父也。"后罢政事,拜礼部尚书而薨。及葬日,玄宗游咸宜宫,将举猎,闻颋丧出,怆然曰:"苏颋今日葬,吾宁忍娱游乎!"遂中路还宫。初,姚崇引璟为中丞,再引之入相。崇善应变,故能成天下之务;璟善守文,故能持天下之政。二人执性不同,同归于道。叶心翼赞,以致刑措焉。

姚崇以拒太平公主,出为申州刺史,玄宗深德之。太平既诛,征为同州刺史。素与张说不叶,说讽赵彦昭弹之,玄宗不纳。俄校猎于渭滨,密召崇会于行所。玄宗谓曰:"卿颇知猎乎?"崇对曰:"此臣少所习也。臣年三十,居泽中,以呼鹰逐兔为乐,犹不知书。张璟谓臣曰:'君当位极人臣,无自弃也。'尔来折节读书,以至将相。臣少为猎师,老而犹能。"玄宗大悦，与之偕马臂鹰，迟速在手，动必称旨。玄宗欢甚，乐则割鲜，闲则咨以政事，备陈古今理乱之本上之，可行者必委曲言之。玄宗心益开，听之亹亹忘倦。军国之务，咸访于崇。崇罢冗职，修旧章，内外有叙。又请无赦宥，无度僧，无数迁吏，无任功臣以政。玄宗悉从之，而天下大理。

张说独排太平之党，请太子监国，平定祸乱，迄为宗臣，前后三秉大政，掌文学之任，凡三十年。为文思精，老而益壮，尤工大手笔，善用所长；引文儒之士，以佐王化。得僧一行，赞明阴阳律历，以敬授人时。封太山，祠睢上，举阙礼，谒五陵，开集贤，置学士，功业恢博，无以加矣。尚然诺于君臣、朋友之际，大义甚笃。及薨，玄宗为之罢元会，制曰："弘济艰难，参其功者时杰，经纬礼乐，赞其道者人师。式瞻而百度允厘，既往而千载贻范，台衡轩鼎，垂黼藻于当年；徽策宠章，播芳蕤于后叶。故尚书左丞相燕国公说，星象降灵，云龙合契，元和体其冲粹，妙有释其至赜。挹而莫测，仰之弥高。释义探系表之微，英词鼓天下之动。昔传风讽，绸缪岁华。含春谷之声，和而必应；蕴泉源之智，启而斯沃。授命与国，则天衢以通；济同以和，则朝政惟允。司钧总六官之纪，端揆为万邦之式。方弘风纬俗，返本于上古之初；而迈德振仁，不臻于中寿之福。吁嗟不憖，既丧斯文，宣室余谈，洽若在耳；玉殿遗草，宛然留迹。言念忠贤，良深震悼。是用当宁抚几，临乐撤悬，罢称觞之仪，遵往襚之礼。可赐太师，赙物五百段。"礼有加等，儒者荣之。

开元中，陆坚为中书舍人，以丽正学士，或非其人，而所司供拟，过为丰赡，谓朝列曰："此亦何益国家，空致如此费损。"将议罢之。张说闻之，谓诸宰相曰："说闻自古帝王，功成则有奢纵之失，或兴造池台，或耽玩声色。圣上崇儒重德，亲自讲论，刊校图书，详延学者。今之丽正，即是圣主礼乐之司，永代规模不易之道。所费者细，所益者大。陆子之言，为未

唐语林

146

达也。"玄宗后闻其言,坚之恩昒,从此而减。

开元二十三年,加荣王以下官,敕宰臣入集贤院,分写告身以赐之。侍中裴耀卿因入书库观书,既而谓人曰:"圣上好文,书籍之盛事,自古未有。朝宰充使,学徒云集,观象设教,尽在是矣。前汉有金马、石渠,后汉有兰台、东观,宋有总明,陈有德教,周则兽门、麟址,北齐有仁寿、文林,虽载在前书,而事皆琐细。方之今日,则岂得扶翰捧毂者哉!"

张九龄,开元中为中书令,范阳节度使张守珪奏裨将安禄山频失利,送就戮于京师。九龄批曰:"穰苴出军,必诛庄贾;孙武行令,亦斩宫嫔。守珪军令若行,禄山不宜免死。"及到中书,九龄与语,久之,因奏曰:"禄山狼子野心,而有逆相,臣请因罪戮之,冀绝后患。"玄宗曰:"卿勿以王夷甫识石勒之意,误害忠良。"更加官爵,放归本道。至德初,玄宗在成都思九龄之先觉,诏曰:"正大厦者,柱石之力;昌帝业者,辅相之臣。生则保其雄名,殁则称其盛德。饰终未允于人望,加赠实存于国章。故中书令张九龄,维岳降神,济川作相,开元之际,寅亮成功;谠言定于社稷,先觉合于蓍龟,永怀贤弼,可谓大臣。竹帛犹存,樵苏必禁。爰从八命之秩,更重三台之位。可赐司徒。"仍令遣使,就韶州致祭者。

规谏第二

太宗射猛兽于苑内,有群豕突出林中,太宗引弓射之,四发殪四豕。有一雄豕,直来冲马,吏部尚书唐俭下马搏之。太宗拔剑断豕,顾而笑曰:"天策长史,不见上将击贼耶?何惧之甚?"俭对曰:"汉祖以马上得之,不以马上理之。陛下以神武定四方,岂复逞雄心于一兽!"太宗善之,因命罢猎。

太宗,有人言尚书令史多受赂者,乃密遣左右以物遗之。司门令史果受绢一匹。太宗将杀之,裴矩谏曰:"陛下以物试之,遽行极法,使彼陷于罪,恐非道德齐礼之义。"乃免。

太宗尝罢朝,自言:"杀却此田舍汉!"文德皇后问:"谁触忤陛下?"太宗曰:"魏征每庭辱我,使我常不得自由。"皇后退,朝服立于庭。太宗惊曰:"何为若是?"对曰:"妾闻主圣臣忠。今陛下圣明,故魏征得尽直言。妾备后宫,安敢不贺!"于是太宗意乃释。

张玄素,贞观初,太宗闻其名,召见,访以理道。玄素曰:"臣观自古已来,未有如隋室丧乱之甚。岂非其君自专,其法日乱。向使君虚受于上,臣弼违于下,岂至于此。且万乘之主,欲使自专庶务,日断十事,而有五条不中者,何况万务乎?以日继月,乃至累年,乖缪既多,不亡何待?陛下若近鉴危亡,日慎一日,尧舜之道,何以加之!"太宗深纳之。

谷那律,贞观中为谏议大夫,褚遂良呼为"九经库"。永徽中,尝从猎,途中遇雨。高宗问:"油衣若为得不漏?"那律曰:"能以瓦为之,不漏也。"意不为畋猎。高宗深赏焉,赐那律绢帛二百匹。

魏知古,性方直,景云末为侍中。玄宗初即位,猎于渭川,时知古从驾,因献诗以讽曰:"尝闻夏太康,五弟训禽荒。我后来冬狩,三驱盛礼张。顺时鹰隼击,讲事武功扬。奔走来未及,翩飞岂暇翔。蜚熊从渭水,瑞翟相陈仓。此欲诚难纵,兹游不可常。子云陈《羽猎》,僖伯谏渔棠。得失鉴齐楚,仁恩念禹汤。邕熙谅在宥,亭毒匪多伤。《辛甲》今为史,《虞箴》遂孔彰。"手诏褒美,赐物五十段。后兼知吏部尚书,典选事,深为称职。所荐用人,遂咸至大官。

极谏第三

　　武德初,万年县法曹孙伏伽上表,以三事谏。其一曰:"陛下贵为天子,富有天下,凡曰搜狩,须顺四时。陛下二十日龙飞,二十一日献鹞雏者,此乃前朝之弊风,少年之事务,何忽今日行之？又闻相国参军卢牟子献琵琶,长安县丞张安道献弓箭,频蒙赏赍。但'普天之下,莫非王土;率土之滨,莫非王臣'。陛下有所欲,何求不得。陛下所少,岂此物乎?"其二曰:"百戏、散乐,本非正声,此谓淫风,不可不改。"其三曰:"太子诸王左右群寮,不可不择。愿陛下纳选贤才,以为僚友,则克崇磐石,永固维城矣。"高祖览之,悦,赐帛百匹,遂拜为侍书御史。

　　高祖即位,以舞胡安叱奴为散骑侍郎。礼部尚书李纲谏曰:"臣按《周礼》,均工乐胥,不得参士伍,虽复才如子野,妙等师襄,皆终身继代,不改其业。故魏武帝欲使祢衡击鼓,乃解朝衣露体而击之。问其故,对曰:'不敢以先王法服而为伶人衣也。'惟齐高纬封曹妙达为王,授安马驹为开府。有国家者,俱为殷鉴。今天下新定,开太平之运。起义功臣,行赏未遍;高才硕学,犹滞草莱。而先令舞胡致位五品;鸣玉曳组,趋驰廊庙。固非创业规模,贻厥子孙之道。"高祖竟不能从。

　　苏长。武德四年王世充平后,其行台仆射苏长以汉南归顺。高祖责其后服,长稽首曰:"自古帝王受命,为逐鹿之喻。一人得之,万夫敛手。岂有获鹿之后,忿同猎之徒,问争肉之罪也?"高祖与之有旧,遂笑而释之。后从猎于高陵,是日大获,陈禽于旌门。高祖顾谓群臣曰:"今日畋乐乎?"长对曰:"陛下畋猎,薄废万机,不满十旬,未有大乐。"高祖色变,既而笑曰:"狂态发耶?"对曰:"为臣私计则狂,为陛下国计则忠矣。"尝侍宴披香殿,酒酣,奏曰:"此殿隋炀帝之所作耶?何雕丽之若是也?"高祖曰:"卿好谏似直,其心实诈。岂不知此殿是吾所造,何须诡疑是炀帝乎?"对曰:"臣实不知。但见倾宫、鹿台琉璃之瓦,并非受命帝王节用之所为也。若是陛下所造,诚非所宜。臣昔在武功,幸当陪侍,见陛下宅宇才蔽风霜,当此时亦以为足。今因隋之侈,人不堪命,数归有道,而陛下得之。实谓惩其奢淫,不忘俭约。今于隋宫之内,又加雕饰,欲拨其乱,宁可得乎?"高祖每优容之。前后匡谏讽刺,多所弘益。

张玄素为给事中,贞观初修洛阳宫,以备巡幸,上书极谏,其略曰:"臣闻阿房成,秦人散;章华就,楚众离;及乾阳毕功,隋人解体。且陛下今时功力,何异昔日,役疮痍之人,袭亡隋之弊。以此言之,恐甚于炀帝,深愿陛下思之。无为由余所笑,则天下幸甚。"太宗曰:"卿谓我不如炀帝,何如桀纣?"玄素对曰:"若此殿卒兴,所谓同归于乱。且陛下初平东都,太上皇敕,高门大殿,并宜焚毁。陛下以瓦木可用,不宜焚灼,请赐与贫人。事虽不行,天下称为至德。今若不遵旧制,即是隋役复兴。五六年间,取舍顿异,何以昭示万姓,光敷四海?"太宗曰:"善。"赐彩三百匹。魏征叹曰:"张公论事,遂有回天之力,可谓仁人之言,其利溥哉!"

马周,太宗将幸九成宫,上疏谏曰:"伏见明敕,以二月二日幸九成宫。臣窃惟太上皇春秋已高,陛下宜朝夕侍膳,晨昏起居。今所幸宫,去京二百余里,銮舆动轫,俄经旬日,非可朝行暮至也。脱上皇情或思感,欲见陛下者,将何以赴之?且车驾今行,本意只为避暑,则上皇尚留热处,而陛下自逐凉处,温清之道,臣切不安。"文多不载。太宗称善。

皇甫德参上书曰:"陛下修洛阳宫,是劳人也;收地租,是厚敛也;俗尚高髻,是宫中所化也。"太宗怒曰:"此人欲使国家不收一租,不役一人,宫人无发,乃称其意!"魏征进曰:"贾谊当汉文之时,上书云'可为痛哭者三,可为长叹者五'。自古上书,率多激切。若非激切,则不能服人主之心。激切即似讪谤,所谓'狂夫之言,圣人择焉'。惟在陛下裁察,不可责之。否则于后谁敢言者?"乃赐绢二十四,命归。

徐充容,太宗造玉华宫于宜君县,谏曰:"妾闻为政之本,贵在无为。切见土木之功,不可兼遂。北阙初建,南营翠微,曾未逾时,玉华创制。虽复因山藉水,非架筑之劳;损之又损,颇有无功之费。终以茅茨示约,犹兴木石之疲;假使和雇取人,岂无烦扰之弊。是以卑宫菲食,圣主之所安;金屋瑶台,骄主之作丽。故有道之君,以逸逸人;无道之君,以乐乐身。愿陛下使之以时,则力不竭;不用而息之,则人胥悦矣。"词多不尽载。充容名惠,孝德之女,坚之姑也。文采绮丽,有若生知。太宗崩,哀慕而卒,时人伤异之。

房玄龄与高士廉偕行,遇少府少监窦德素,问之曰:"北门近来有何营造?"德素以闻太宗。太宗谓玄龄、士廉曰:"卿但知南衙事,我北门小小营造,何妨卿事?"玄龄等拜谢。魏征进曰:"臣不解陛下责,亦不解玄龄等谢。既任大臣,即陛下股肱耳目,有所营造,何容不知。责其访问官司,臣所不解。陛下所为若是,当助陛下成之;所为若非,当奏罢之。此乃事君之道。玄龄等问既无罪,而陛下责之,玄龄等不识所守,臣实不喻。"太宗深纳之。

总章中,高宗将幸凉州。时陇右虚耗,议者以为非便。高宗闻之,召五品以上,谓曰:"帝五载一巡狩,群后肆朝,此盖常礼。朕欲暂幸凉州,如闻中外，咸谓非宜。"宰臣以下，莫有对者。详刑大夫来公敏进曰："陛下巡幸凉州，宣王略，求之故实，未亏令典。但随时度事，臣下窃有所疑，既见明敕施行，所以不敢陈默。奉敕顾问，敢不尽言。伏以高黎虽平，扶余尚梗，西道经略，兵犹未停。且陇右诸州，人户寡少，供待车驾，备挺稍难。臣闻中外，实有窃议。"高宗曰："既有此言，我止度陇，存问故老，搜狩即还。"遂下诏，停西幸，擢公敏为黄门侍郎。

袁利贞为太常博士，高宗将会百官及命妇于宣政殿，并设九部乐。利贞谏曰："臣以前殿正寝，非命妇宴会之地；象阙路门，非倡优进御之所。望请命妇会于别殿，九部乐从东门入；散乐一色，伏望停省。若于三殿别所，自可备极恩私。"高宗即令移于麟德殿。至会日，使中书侍郎薛元超谓利贞曰："卿门传忠鲠，能献直言，不加厚赐，何以奖劝。"赐丝百匹，迁祠部员外。

李君球，高宗将伐高黎，上疏谏曰："心之痛者，不能缓声；事之急者，不能安言；性之忠者，不能隐情。且食君之禄者，死君之事。今臣食陛下之禄，其敢爱身乎？臣闻《司马法》曰：'国虽大，好战必亡；天下虽平，忘战必危。'兵者，凶器；战者，危事。故圣主重行之也。畏人力之尽，恐府库之殚，惧社稷之危，生中国之患。且高黎小丑，潜藏山海，得其人不足以彰圣化，弃其地不足以损天威。"文多不载，疏奏不报。

中书令郝处俊，高宗将下诏逊位于则天摄知国政，召宰臣议之，处俊对曰："《礼经》云：'天子理阳道，后理阴德。'然则帝之与后，犹日之与月，阴之与阳，各有所主，不相夺也。若失其序，上则谪见于天，下则祸成于人。昔魏文帝着令，崩后尚不许皇后临朝，奈何遂欲自禅位于天后。况天下者，高祖、太宗之天下，非陛下之天下。正合谨守宗庙，传之子孙，不可持国与人,有私于后。惟陛下详审。"中书侍郎李义琰进曰:"处俊所引经典,其言至忠,惟圣虑无疑,则苍生幸甚。"高宗乃止。及天后受命,处俊已殁,孙象竟被族诛。始,则天以权变多智,高宗将排群议而立之。及得志,威福并作,高宗举动,必为掣肘。高宗不胜其忿。时有道士郭行真出入宫掖,为则天行厌胜之术。内侍王伏胜奏之。高宗大怒,密召上官仪废之,因奏:"天后专恣,海内失望,请废黜以顺天心。"高宗即令仪草诏,左右驰告则天,遽诉,诏草犹在。高宗恐其怨怼,待之如初,且告之曰:"此并上官仪教我。"则天遂诛仪及伏胜等,并赐太子忠死。自是,政归武后,天子拱手而已,竟移龟鼎焉。

周兴、来俊臣罗织衣冠,朝野惧慑,御史大夫李嗣真上疏奏曰:"臣闻陈平事汉祖,谋疏楚之君臣,乃用黄金七十斤,行反间之术。项羽果疑臣下,陈平之计遂行。今告事纷纭,虚多实少。如当有凶愍,焉知不先谋疏陛下君臣,后除国家良善。臣恐有社稷之祸。伏乞陛下回思迁虑,察臣狂瞽,然后退就鼎镬,实无所恨。臣得殁为忠鬼,孰与存为谄人。如罗织之徒,即是疏间之渐,陈平反间,其远乎哉?"遂为俊臣所构,放于岭表。俊臣死,征还,途次桂阳而终,赠济州刺史。中宗朝,追复本官。

宗楚客兄秦客,潜劝则天革命,累迁内史。后以赃罪,流于岭南而死。楚客无他材能,附会武三思。神龙中,为中书舍人。时西突厥阿史那、忠节不和,安西都护郭元振奏请徙忠节于内地,楚客与弟晋卿及纪处讷等纳忠节厚赂,请发兵以讨西突厥,不纳元振之奏。突厥大怒,举兵入寇,甚为边患。监察御史崔琬,劾奏楚客等,曰:"闻四牡项领,良御不乘;二心事君,明罚无舍。谨按宗楚客、纪处讷等,性唯险诐,志越溪壑。幸以遭遇圣主,累忝殊荣,承恺悌之恩,居弼谐之地,不能刻意砥操,忧国如家,微效涓尘,以裨川岳。遂乃专作威福,敢树朋党。有无君之心,阙大臣之节。潜通猃狁，纳贿易赀；公引顽凶，受赂无限。丑闻充斥，秽迹昭彰。且境外交通，情状难测。今娑葛反叛，边鄙不宁，由此赃私，取怨外国。论之者取祸以结舌，语之者避罪而钳口。晋卿昔居荣职，素阙忠诚，屡以严刑，皆由黩货。今又叨忝，频沐殊恩，厚禄重权，当朝莫比。曾无悛改，乃徇赃私。此而容之，孰云其可！臣谬忝公直，义在触邪，请除巨蠹，以答天造。"中宗不从，遽令与琬和解。俄而韦氏败，楚客等咸诛。

苏安恒博学，尤明《周礼》《左氏》。长安二年，上疏谏请复子明辟，其词曰："臣闻：忠臣不顺时而取宠，烈士不惜死而偷生。故君道不明，忠臣之过；臣道不轨，烈士之罪。今太子年德俱盛，陛下贪其宝位而忘母子之恩，蔽太子之元良，据太子之神器。何以教天下母慈子孝，焉能使天下移风易俗？惟陛下思之：将何圣颜以见唐家宗庙？将何诰命以谒大帝坟陵？"疏奏不纳。魏元忠为张易之所构，安恒又申理之。易之大怒，将杀之，赖朱敬则、桓范等保护获免。后坐节愍太子事，下狱死。睿宗即位，下诏曰："苏安恒文学立身，鲠直成操，往年陈疏，忠谠可嘉。属回邪擅权，奄从非命，兴言轸悼，用恻于怀。可赠谏议大夫。"

张柬之既迁则天于上阳宫，中宗犹以皇太子监国，告武氏之庙。时累日阴翳，侍御史崔浑奏曰："方今国命初复，正当徽号称唐，顺万姓之心。奈何告武氏庙？庙宜毁之，复唐鸿业，天下幸甚！"中宗深纳之。制命既行，阴云四除，万里澄廓，咸以为天人之应。

武三思得幸于中宗。京兆人韦月将等不堪愤激，上书告其事。中宗惑之，命斩月将。黄门侍郎宋璟执奏，请按而后刑。中宗愈怒，不及整衣履，岸巾出侧门，迎谓璟曰："朕以为已斩矣，何以缓之？"命促斩。璟曰："人言宫中私于三思，陛下竟不问而斩，臣恐有窃议。故请按而后刑。"中宗大怒，璟曰："请先斩臣，不然，终不奉诏。"乃流月将于岭南，寻使人杀之。

柳泽，睿宗朝太平公主用事，奏斜封官复旧职，上疏谏曰："药不毒不可以触疾，词不切不可以裨过。是以习甘旨者，非摄养之方；迩谀佞者，积危殆之本。陛下即位之初，纳姚、宋之计，咸黜斜封。近日又命斜封，是斜封之人不忍弃也，先帝之意不可违也。若斜封之人不忍弃，是韦月将、燕钦融之流不可褒赠；李多祚、郑克义之徒不可清雪。陛下何不能忍于此，而独忍于彼？使善恶不定，反覆相攻，致令君子道消，小人道长；为正者衔冤，附伪者得志。将何以止奸邪，将何以惩风俗耶？"睿宗遂从之，因而擢泽拜监察御史。

倪若水为汴州刺史，玄宗尝遣中官往淮南采捕鸂鶒及诸水禽，上疏谏曰："方今九扈时忙，三农并作，田夫拥耒，蚕妇持桑。而以此时采捕奇禽异鸟，供园池之玩，远自江岭，达于京师，力倦担负，食之以鱼肉，间之以稻粮。道路观者，莫不言陛下贱人而贵鸟。陛下当以凤凰为凡鸟，麒麟为凡兽，则鸂鶒鸂鶆之类，曷足贵也！陛下昔龙潜藩邸，备历艰危，今氛侵廓清，高居九五，玉帛子女，充于后庭；职贡珍奇，盈于内府。过此之外，又何求哉！"手诏答曰："朕先使人取少杂鸟，其使不识朕意，将鸟稍多。卿具奏之，词诚忠恳，深称朕意。卿达识周材，义方敬直，故辍纲辖之重，以处方面之权。果能闲邪存诚，守节弥固，骨鲠忠烈，遇事无隐，言念忠谠，深用喜慰。今赐卿物四十段，用答至言。"

安禄山，天宝末请以蕃将三十人代汉将。玄宗宣付中书令即日进呈，韦见素谓杨国忠曰："安禄山有不臣之心，暴于天下。今又以蕃将代汉，其反明矣。"遽请对。玄宗曰："卿有疑禄山之意耶！"见素趋下殿，涕泗且陈禄山反状。诏令复位，因以禄山表留上前而出。俄又宣诏曰："此之一奏，姑容之，朕徐为图矣。"见素自此后，每对见，每言其事，曰："臣有一策，可销其难，请以平章事追之。"玄宗许为草诏，讫，中留之，遣中使辅璆琳送甘子，且观其变。璆琳受赂而还，因言无反状。玄宗谓宰臣曰："必无二心，诏本朕已焚矣。"后璆琳纳赂事泄，因祭龙堂，托事扑杀之。十四年，遣中使马承威赍玺书召禄山曰："朕与卿修得一汤，故召卿。至十月，朕待卿于华清宫。"承威复命，泣曰："臣几不得生还。禄山见臣宣进旨，踞床不起。但云：'圣体安稳否?' 遽令送臣于别馆。数日，然后免难。"至十月九日，反于范阳，以诛国忠为名，荡覆二京，窃弄神器，讫今五十余年而兵未戢。《易》曰："履霜坚冰，所由者渐。"向使师尹竭股肱之力，武夫效腹心之诚，则猪突豨勇，亦何能至失于中策，宁在人谋，痛哉！

刚正第四

韦仁约弹右仆射褚遂良，出为同州刺史。遂良复职，黜仁约为清水令。或慰勉之，仁约对曰："仆守狂鄙之性，假以雄权，而触物便发。丈夫当正色之地，必明目张胆，然不能碌碌为保妻子也。"时武侯将军田仁会与侍御史张仁祎不协而诬奏之。高宗临轩问仁祎，仁祎惶惧，应对失次。仁约历阶而进曰："臣与仁祎连曹，颇知事由。仁祎懦而不能自理。若仁会眩惑圣听，致仁祎非常之罪，则臣事陛下不尽，臣之恨矣。请专对其状。"词辩纵横，音旨朗畅。高宗深纳之，乃释仁祎。仁约在宪司，于王公卿相未尝行拜礼，人或劝之，答曰："雕鹗鹰鹯，岂众禽之偶，奈何设拜以狎之？且耳目之官，固当独立耳。"后为左丞，奏曰："陛下为官择人，非其人则阙。今不惜美锦，令臣制之，此陛下知臣之深矣，亦微臣尽命之秋。"振举纲目，朝庭肃然。

李义府恃恩放纵，妇人淳于氏有容色，坐系大理，乃托大理丞毕正义曲断出之。或有告之者，诏刘仁轨鞫之。义府惧谋泄，毙正义于狱。侍御史王义方将弹之，告其母曰："奸臣当路，怀禄而旷官，不忠；老母在堂，犯难以危身，不孝。进退惶惑，不知所从。"母曰："吾闻王陵母杀身以成子之义，汝若事君尽忠，立名千载，吾死不恨焉！"义方乃备法冠，横玉阶弹之。先叱义府令下，三叱乃出，然后跪宣弹文曰："臣闻春鹦鸣于献岁，蟋蟀吟于始秋，物有微而应时，士有贱而言忠者。"乃庭劾义府曰："臣闻诬下罔上，圣主之所宣诛；心狠貌恭，明时之所必罚。是以隐贼掩义，不容唐帝之朝；窃幸乘权，终齿汉皇之剑。中书侍郎李义府，因缘际会，遂阶通职。不尽忠竭节,对扬王休;策骞励弩,祗奉皇眷。而乃冯附城社,蔽亏日月;托公行私,交游群小。贪冶容之美,原有罪之淳于;恐漏泄其谋,殒无辜之正义。挟山超海之力,望此犹轻;回天转地之威,方斯更烈。此而可恕,孰不可容? 方当金风届节,玉露启途,霜简与秋典共清,忠臣将鹰鹯并击。请除君侧,少答鸿私,碎首玉阶,庶明臣节。"高宗以义方毁辱大臣,言词不逊,贬莱州司户。秩满,于昌乐聚徒教授。母亡,遂不复仕进。总章二年,卒。撰《笔海》十卷。门人何彦先、员半千制师服三年,丧毕而去。

李昭德,则天朝谀佞者必见擢用,有人于洛水中获白石,有数点赤,诣阙请进。诸宰臣诘之,其人曰:"此石亦心,所以进。"昭德叱之,曰:"洛水中石岂尽反耶!"左右皆失笑。昭德建立东都罗城及尚书省洛水中桥,人不知其役而功成就。除数凶人,大狱遂罢。以正直庭净,为皇甫文所构,与来俊臣同日弃市。国人欢憾相半,哀昭德而快俊臣也。

魏元忠以摧辱二张,反为所构,云结少年,欲奉太子。则天大怒,下狱勘之。易之引张说为证,召大臣,令元忠与易之、说等定是非。说佯气逼不应。元忠惧,谓说曰:"张说与易之共罗织魏元忠耶!"说叱曰:"魏元忠为宰相,而有委巷小儿罗织之言,岂大臣所谓?"则天又令说言元忠不轨状,说曰:"臣不闻也。"易之遽曰:"张说与元忠同逆。"则天问其故,易之曰:"说往时谓元忠居伊周之地。臣以伊尹放太甲,周公摄成王之位,此其状也。"说奏曰:"易之、昌宗大无知,所言伊周,徒闻其语耳,讵知伊周为臣之本末。元忠初加拜命,授紫绶,臣以郎官拜贺。元忠曰:'无尺寸功而居重任,不胜畏惧。'臣曰:'公当伊周之任,何愧三品?'然伊周历代书为忠臣,陛下不遣臣学伊周,使臣将何所学?"说又曰:"易之以臣宗室,故托为党。然附易之有台辅之望,附元忠有族灭之势。臣不敢面欺,亦惧元忠冤魂耳。"遂焚香为誓。元忠免死，流放岭南。

张易之、昌宗方贵宠用事，潜相者言其当王，险薄者多附会之。长安末，右卫西街有榜云："易之兄弟、长孙汲、裴安立等谋反。"宋璟时为御史中丞，奏请穷理其状。则天曰："易之已有奏闻，不可加罪。"璟曰："易之为飞书所逼，穷而自陈。且谋反大逆，法无容免，请勒就台勘当，以明国法。易之等久蒙驱使，分外承恩，臣言发祸从，即入鼎镬。然义激于心，虽死不恨。"则天不悦。内史杨再思遽宣敕命，令璟出，璟曰："天颜咫尺，亲奉德音，不烦宰臣擅宣王命。"左拾遗李邕历阶而进曰："宋璟所奏，事关社稷，望陛下可其所奏。"则天意若解，乃传命令易之就台推问。斯须，特敕原之，仍遣易之、昌宗就璟拜谢。拒而不见，令使者谓之曰："公事当公言之，私见即法有私也。"璟谓左右："恨不先打竖子脑破，而令混乱国经，吾负此恨。"时朝列呼易之、昌宗为五郎、六郎，璟独以官呼之。天官侍郎郑杲谓璟曰："中丞奈何唤五郎为卿？"璟曰："郑杲何庸之甚，若以官秩，正当卿号；若以亲故，当为张五郎、六郎矣。足下非张氏家僮，号五郎、六郎何也？"杲大惭而退。

宋璟，则天朝以频论得失，内不能容，而惮其公正，乃敕璟往扬州推按。奏曰："臣以不才，叨居宪府，按州县乃监察御史事耳。今非意差臣，不识其所由，请不奉制。"无何，复令按幽州都督屈突仲翔。璟复奏曰："御史中丞，非军国大事不当出使。且仲翔所犯赃污耳。今高品有侍御史，卑品有监察御史，今敕臣，恐非陛下之意，当有危臣，请不奉制。"月余，优诏令副李峤使蜀。峤喜，召璟曰："叨奉渥恩，与公同谢。"璟曰："恩制示礼数，不以礼遣璟，璟不当行，谨不谢。"乃上言曰："臣以宪司，位居独坐。今陇蜀无变，不测圣意，令臣副峤，何也？恐乖朝庭故事，请不奉制。"易之等冀璟出使，当别以事诛之。既不果，伺璟家有婚礼，将刺杀之。有密以告者,璟乘事舍于他所,乃免。易之寻伏诛。

薛怀义承宠遇,则天俾之改姓,云是驸马薛绍再从叔。或俗人号为"薛师",猖狂恃势,多度膂力者为僧,潜图不轨。殿中侍御史周矩奏请按之。则天曰:"不可。"矩固请,则天曰:"卿去矣,朕即遣来。"矩至台,薛师亦至,踏阶下马,但坦腹于床。将按之,薛师跃马而去,遽以闻则天。则天曰:"此道人患风,不须苦问。所度僧,任卿穷按其事。"诸僧流远恶州。矩后竟为薛师之所构,下狱死。

则天朝,契丹寇河北,武懿宗将兵讨之,畏懦不进。比贼退散后,乃奏沧、瀛等州诖误者数百家。左拾遗王永礼廷折之曰:"素无良吏教习,城池又不完固,遇贼畏惧,苟从之以求生,岂其素有背叛之心耶?懿宗拥兵数万,闻贼辄退走,失城邑,罪当诛戮。今乃移祸草泽诖误之人以自解,岂为官之道。请斩懿宗,以谢河北百姓。"懿宗惶惧。诸诖误者悉免。

中宗朝,郑普思承恩宠而潜图不轨。苏瑰奏请按之,以司直范献忠为判官。瑰奏收普思。普思妻得幸于韦庶人,持敕于御前对。中宗屡抑瑰而理普思,应对颇不中。献忠历阶而进曰:"臣请先斩苏瑰。"中宗问其故,对曰:"苏瑰,国之大臣,荷荣贵久矣,不能先斩逆贼,而后闻。今使其眩惑天听,摇动刑柄,而普思反状昭露,陛下为其申理,此其反者不死。今圣躬万福,岂有天耶?臣请死,终不能事普思。"狱乃定,朝廷咸壮之。

中宗反正才月余,而武三思居中用事,皇后韦氏颇干朝政,如则天故事。桓彦范奏曰:"伏见陛下每临朝听政,皇后必施帷幔,坐于殿上,参闻政事。愚臣历选列辟,详求往代帝王有与妇人谋及政事者,无不破国亡家,倾朝继路。以阴干阳,违天也;以妇凌夫,违人也。违天不祥,违人不义。《书》称'牝鸡之晨，唯家之索'。《易》曰'无攸遂，在中馈'。言妇人不得干政也。伏愿陛下览古人之言，以苍生为念，不宜令皇后往正殿干外朝，专在中宫，聿修阴教，则坤仪式叙，鼎命惟新矣。"疏奏不纳。又有故僧惠范、山人郑普思、叶静能等，并挟左道，出入宫禁。彦范等切谏，并不从。后彦范等反及祸。

桓彦范等，既匡复帝室，勋烈冠古，武三思害其公忠，将诬以不轨诛之。大理丞李朝隐请问明状。卿裴谈附会三思，异朝隐判，竟坐诛。谈迁刑部尚书，侍御史李祥弹之曰："异李朝隐一判，破桓敬等五家。附会三思，状验斯在，天下闻者，莫不寒心。刑部尚书，从此而得。"略无回避，朝庭壮之。祥解褐监亭尉，因校考为录事参军所挤排。祥趋入，谓刺史曰："录事恃纠曹之权，祥当要居之地，为其妄褒贬耳。使祥秉笔，颇亦有词。"刺史曰："公试论录事状。"遂授笔曰："怯断大案，好勾小稽。隐自不清，疑他总浊。阶前两竞，斗困方休。狱里囚徒，非赦不出。"天下以为谭笑之最矣。

宗楚客与弟晋卿及纪处讷等恃权势，朝野岳牧除拜多出其门。百寮惕惧，莫敢言者。监察御史崔琬不平之，乃具法冠，陈其罪状，请收案问。中宗不许。明日，又进密状，乃降敕曰："卿列霜简，忠在触邪，遂能不惧权豪，便有弹射。眷言称职，深领乃诚。然楚客等大臣，须存礼度。朕识卿姓名，知卿鲠直，但守至公，勿有回避。"自此朝廷相谓曰："仁者必有勇，其崔公之谓欤！"累迁刑部郎中。琬兄璆，以孝友称，历刑部员外、扬州司马。丁母忧，昼夜哀号，水浆不入于口。不胜丧而卒。

陆大同为雍州司田，时安乐公主、韦温等侵百姓田业，大同尽断还之。长吏惧势，谋出大同。会将有事南郊，时已十月，长吏乃举牒令大同巡县劝田畴,冀他判司摇动其按也。大同判云:"南郊有事,北陆已寒;丁不在田,人皆入室。此时劝课,切恐烦劳。"长吏益不悦,乃奏大同为河东令,寻复为雍州司仓。长吏新兴王晋附会太平公主,故多阿党。大同终不从。因谓大同曰:"雍州判佐不是公官,公何为不别求好官?"大同曰:"某无身材,但守公直,素无廊庙之望,唯以雍州判佐为好官。"晋不能屈。大同阖门雍睦,四从同居。法言即大同伯祖也。

李令质为万年令,有富人同行盗,系而按之。驸马韦擢策马入县救盗者,令质不从。擢乃谮之于中宗。中宗怒,临轩召见,举朝为之恐惧。令质奏曰:"臣必以韦擢与盗非亲非故,故当以货求耳。臣岂不惧擢之势,但申陛下法,死无所恨。"中宗怒解,乃释之。朝列贺之,曰:"设以获谴,流于岭南,亦为幸也。"

公直第五

唐方庆，武德中为察非掾，太宗深器重之，引与六月同事。方庆辞曰："臣母老，请归养。"太宗不之逼。贞观中，以为藁城令。孙袭秀，神龙初为监察御史。时武三思诬桓、敬等反，又称袭秀与敬等有谋。至是为侍御史冉祖雍所按，辞理竟不屈。或报祖雍云："适有南使至云，桓、敬已死。"袭秀闻之，泫然流涕。祖雍曰："桓彦范负国刑宪，今已死矣。祖雍按足下事，意未测，闻其死乃对雍流涕，何也？"袭秀曰："桓彦范自负刑宪，然与袭秀有旧，闻其死，岂不伤耶！"祖雍曰："足下下狱，闻诸弟俱纵酒而无忧色，何也？"袭秀曰："袭秀何负于国家，但于桓彦范有旧耳。公若尽杀诸弟，不知矣；如独杀袭秀，恐明公不得高枕而卧。"祖雍色动，握其手曰："请无虑，当活公。"乃善为之辞，得不坐。

陆德明受学于周弘正，善言玄理，王世充僭号，署为散骑侍郎。王令子师之，将行束脩之礼，德明服巴豆散，卧东壁下。充之子入跪床下，德明佯给之痢，竟不与语，遂移病成皋。及入朝，太宗引为文馆学士，使阎立本写真形，褚亮为之赞曰："经术为贵，玄风可师；励学非远，通儒在兹。"终于国子博士。

李密既降，徐绩尚守黎阳仓，谓长史郭恪曰："魏公既归于唐，我士众土地，皆魏公之有也。吾若上表献之，即是自邀富贵，吾所耻也。今宜具录以启魏公，听公自献，则魏公之功也。"及使至，高祖闻其表，甚怪之。使者具以闻，高祖大悦曰："徐绩盛德推功，真忠臣也。"即授黎州总管，赐姓李氏。

贞观中，太宗谓褚遂良曰："卿知《起居注》，记何事？大抵人君得观之否？"遂良对曰："今之《起居》，古之左右史，书人君言事，且记善恶，以为检戒，庶乎人主不为非法。不闻帝王躬自观史。"太宗曰："朕有不善，卿必记之耶！"遂良曰："守道不如守官，臣职当载笔，君举必记。"刘洎进曰："设令遂良不记，天下之人皆记之矣。"

太宗谓侍臣曰："朕戏作艳诗。"虞世南便谏曰："圣作虽工，体制非雅。上之所好，下必随之。此文一行，恐致风靡。而今而后，请不奉诏。"太宗曰："卿恳诚如此，朕用嘉之。群臣皆若世南，天下何忧不理！"乃赐绢五十疋。先是，梁简文帝为太子，好作艳诗，境内化之，浸以成俗，谓之"宫体"。晚年改作，追之不及，乃令徐陵撰《玉台集》，以大其体。永兴之谏，颇因故事。

窦静为司农卿，赵元楷为少卿。静颇方直，甚不悦元楷之为，官属大会，谓元楷曰："如隋炀帝意在奢侈，竭四海以奉一人者，司农须公矣。方今圣上，躬履节俭，屈一人以安兆庶，司农何用于公哉！"元楷赧然而退。初，太宗既平突厥，徙其部众于河南，静上疏极谏，以为不便。又请太宗置屯田，以省馈饷，皆有弘益。

文德皇后崩，未除丧，许敬宗以言笑获谴。及太宗梓宫在前殿，又垂臂过。侍御史阎玄正弹之曰："敬宗往居先后丧，已坐言笑黜，今对大行梓宫，又垂臂无礼。"敬宗惧获罪，高宗寝其奏，事虽不行，时人重其刚正。

刘仁轨为左仆射，暮年颇以言词取悦诉者。户部员外魏克己断案，多为仁轨所异同。克己执之曰："异方之乐不入人心，秋蝉之声徒聒人耳。"仁轨怒焉，骂之曰："痴汉！"克己俄迁吏部侍郎。

则天朝，豆卢钦望为丞相，请辍京官九品已上两月日俸以赡军，转帖百司，令拜表。群臣俱赴拜表，而不知事由。拾遗王求礼谓钦望曰："群官见帖即赴，竟不知拜何所由。既以辍俸供军，而明公禄厚俸优，辍之可也。卑官贫迫，奈何不使其知而欺夺之，岂国之柄耶！"钦望形色而拒之。表既奏，求礼历阶进曰："陛下富有四海，足以储军国之用，何籍贫官九品之俸，而钦望欺夺之，臣窃不取。"纳言姚璹前进曰："秦汉皆税算以赡军，求礼不识大体，妄有争议。"求礼曰："秦皇、汉武税天下，使空虚以事边。奈何使圣朝仿习之？姚璹言臣不识大体，不知璹言是大体耶？"遂寝。

魏元忠男升娶荥阳郑远女，升与节愍太子谋诛武三思，废韦庶人，不克，为乱兵所害，元忠坐系狱。远以此乃就元忠求离书。今日得离书，明日改醮。殿中侍御史麻察不平之，草状弹曰："郑远纳钱五百万，将女易官。先朝以元忠旧臣，操履坚正，岂独尚兹贤行，实欲荣其姻戚，遂起复授远河内县令，远子良解褐洛州参军。既连婚国相，父子崇赫，迫元忠下狱，遂诱和离。今日得书，明日改醮。且元忠官历三朝，荣跻十等，虽金精屡铄，而玉色常温。远胄虽参华，身实凡品。若言齐郑非偶，不合结缡；既冰玉交欢，理资同穴。而下山之夫未远，御轮之婿已尚。无闻寄死托孤，见危授命，斯所谓滓秽流品，点辱衣冠，而乃延首靦颜，重尘清鉴。九流选叙，须有淄渑；四裔遐陬，宜从摈斥。虽渥恩周洽，刑罚免加；而名教所先，理资惩革。请裁以宪纲，禁锢终身。"远以此废弃。朝野咸赏察之公直。

来俊臣弃故妻，奏娶太原王庆诜女。侯思正亦奏娶赵郡李自挹女。

敕正事商量，内史李昭德抚掌谓诸宰曰："大可笑，大可笑！"诸宰问故，昭德曰："往年来俊臣贼劫王庆诜女，已太辱国；今日此奴又请索李自挹女，乃复辱国耶！"遂寝。思正竟为昭德所绳，榜杀之。

长安末，诸酷吏并诛死。则天悔于枉滥，谓侍臣曰："近者朝臣多被周兴、来俊臣推勘，递相牵引，咸自承伏。国家有法，朕岂能违。中间疑有滥者，更使近臣就狱推问，得报皆自承引。朕不以为疑，即可其奏。自周兴、俊臣死，更不闻有反逆者。然已前就戮者，岂不有冤滥耶！"夏官侍郎姚崇对曰：自垂拱已后，被告身死破家者，皆枉酷自诬而死。告事者特以为功，天下号为罗织，甚于汉之党锢。陛下令近臣就狱问者，近臣亦不自保，何敢辄有动摇。赖上天降灵，圣情发寤，诛灭凶竖，朝庭宴安。今日已后，微躯及一门百口，保见在内外官吏无反逆者。则天大悦曰："已前宰相皆顺成其事，陷朕为淫刑之主。闻卿所说，甚合朕心。"乃赐银一千两。

景龙中，中宗尝游兴庆池，侍宴者递起歌舞，并唱《回波词》，方便以求官爵。给事中李景伯亦起舞歌曰："回波尔持酒卮，微臣职在箴规。侍宴既过三爵，喧哗窃恐非仪。"于是宴罢。

安乐公主恃宠，奏请昆明池以为汤沐。中宗曰："自前代已来，不以与人。不可。"安乐于是大役人夫，掘其侧为池，名曰"定昆池"。池成，中宗、韦庶人皆往宴焉，令公卿已下咸赋诗。黄门侍郎李日知诗曰："但愿暂思居者逸，无使时传作者劳。"后睿宗登位，谓日知曰："朕当时亦不敢言，非卿忠正，何能如此？"俄拜侍中。

景龙末，朝纲失叙，风教既替，公卿大臣初拜命者，例许献食，号为

"烧尾"。时苏瑰拜仆射,独不献食。后因侍谯,宗晋卿谓瑰曰:"拜仆射竟不烧尾,岂不喜乎?"中宗默然。瑰奏曰:"臣闻宰相主调阴阳,代天理物。今粒食涌贵,百姓不足,臣见宿卫兵至有三日不得食者。臣愚不称职,所以不敢烧尾耳。"晋卿无以对。

中宗暴崩,秘不发丧。韦庶人亲总庶政,召宰相韦巨源等一十一人入禁中会议。遗诏令韦庶人辅少主知政事,授相王太尉,参谋辅政。宗楚客谓韦温曰:"今皇太后临朝,宜停相王辅政。且太后于诸王居嫂叔之地,难为仪注,是诏理全不可。"苏瑰独正色拒之,谓楚客等曰:"遗诏是先帝意,安可更改。"楚客、温等大怒,遂削相王辅政语,乃宣行之。

玄宗令宋璟制诸王及公主邑号,续遣中使宣诏令,更作一佳号。璟奏曰:"七子均养,鸣鸠之德。至锡名号,不宜有殊。今奉此旨,恐母宠子异,非正家国之大训,王化之所宜。不敢奉诏。"玄宗从之。

苏瑰:开元七年五月己丑朔,日有蚀之,玄宗素服候变,撤乐减膳,省囚徒,多所原放;水旱州皆定赈恤,不急之务,一切停罢。瑰与宋璟谏曰:"陛下频降德音,勤恤人隐,令徒以下刑尽责保放。惟流死等色,则情不可宽,此古人所以慎赦也。恐言事者,直以月蚀修刑,日蚀修德,或云分野应灾祥,冀合上旨。臣以为君子道长,小人道消,女谒不行,谗夫渐远,此所谓修德。囹圄不扰,甲兵不黩,理官不以深苛,军将不以轻进,此所谓修刑也。若陛下常以此留念,纵日月盈亏,将因此而致福,又何患乎!且君子耻言浮于行,故曰:'予欲无言。'又曰:'天何言哉,四时行焉,百物生焉。'要以至诚动天,不在制书频下。"玄宗深纳之。

定安公主初降王同皎,后降韦擢,又降崔铣。铣先卒,及公主薨,同皎子繇为驸马，奏请与其父合葬，敕旨许之。给事中夏侯铦驳曰："公主初昔降婚，梧桐半死，逮乎再醮，琴瑟两亡。则生存之时，已与前夫义绝；殂谢之日，合从后夫礼葬。今若依繇所请，却祔旧姻，但恐魂而有知，王同皎不纳于幽壤；死而可作，崔铣必诉于玄天。国有典章，事难逾越。铦谬膺驳止，敢废司存！请傍移礼官，以求指定。"朝庭咸壮之。

玄宗将封禅泰山，张说自定升山之官，多引两省工录及己之亲戚。中书舍人张九龄言于说曰："官爵者，天下之公器，德望为先，劳旧为次。若颠倒衣裳，则讥议起矣。今登封沛泽，十载一遇，清流高品不沐殊恩，胥吏末班先加章绂，但恐制出之后，四方失望。今进草之际，事犹可改。"说曰："事已决矣，悠悠之谈，何足虑也。"果为宇文融所劾。

李辅国扈从肃宗，栖止帷幄，宣传诏命，自灵武列行军司马，中外枢要，一以委之。及克京城后，于银台门决事，凡追捕，先行后闻，权倾朝野，道路侧目。又求宰相，肃宗谓之曰："卿勋业则可，公卿大臣不欲，如之何？"又谓裴冕等速表荐己。肃宗患之，乃谓萧华曰："辅国求为宰相，若公卿表来，不得不与。卿与裴冕早为之所。"华出问冕，冕曰："初无此事，臂可截也，而表不为也。"复命奏之，上大悦。

清廉第六

李袭誉,江淮俗尚商贾,不事农业,及誉为扬州,引雷陂水,又筑句城塘以灌溉田八百余顷。袭誉性严整,在职庄肃,素好读书,手不释卷。居家以俭约自处,所得俸禄,散给宗亲,余赀写书数万卷。每谓子孙曰:"吾不好货财,以至贫乏。京城有赐田一十顷,耕之可以充食;河南有桑千树,事之可以充衣;所写得书,可以求官。吾殁之后,尔曹勤此三事,可以无求于人矣。"时论尤善之。

郑善果父诚周为大将军,讨尉迟迥遇害。善果性至孝笃慎,大业中,为鲁郡太守。母崔氏甚贤明,晓正道。尝于阁中听善果决断,闻剖析合理,悦;若处事不允,则不与之言。善果伏床前,终日不敢食。母曰:"吾非怒汝,乃愧汝家耶。汝先君清恪,以身殉国,吾亦望汝及此。汝自童子承袭茅土,今至方伯,岂汝自能致之耶?安可不思此事?吾寡妇也,有慈无威,使汝不知教训,以负清忠之业。吾死之日,亦何面目见汝先君乎?"善果由是励己清廉,所莅咸有政绩。炀帝以其俭素,考为天下第一,赏物千段,黄金百两。入朝,拜左庶子,数进忠言,多所匡谏。迁工部尚书,正身奉法,甚著劳绩。

冯立有武艺,略涉书记,事隐太子。太子诛,左右悉逃散。立叹曰:"岂有生受其恩,而逃其难。"乃率兵犯玄武门,杀将军敬君弘,谓其徒曰:"微以报太子矣。"遂解兵而遁。俄来请罪,太宗数之曰:"汝间构阻我骨肉,复出兵来战,杀我将士,汝罪大也。何以逃死?"对曰:"屈身事主,期于敕命,当战之日,无所顾惮。"因歔欷,悲不自胜。太宗宥之,立谓其所亲曰:"逢莫大之恩,终当以死奉答。"俄而突厥至便桥,立率数百人力战,杀获甚众。太宗深嘉叹之。出牧南海,前后牧守率多贪冒。蛮夷患之,数为叛逆。立不营生业,衣食取给而已。尝至贪泉,叹曰:"此吴隐之所酌泉也,饮一杯何足道哉？吾当汲而为食。"毕饮而去。

裴炎有雅望于朝庭。高宗临崩,与舅王德真俱受遗诏辅少主。则天既临朝,废中宗为庐陵王,将行革命之事。徐敬业举兵于扬州,时炎为内史,示闲暇不急讨。则天潜察之,下炎诏狱。凤阁侍郎胡元范、刘齐贤等庭争,以炎忠鲠无反状。则天曰:"炎反有端,顾卿不知耳。"范、贤曰:"若裴炎反,臣等亦反。"则天曰:"朕知裴炎反,知卿不反。"炎既诛,范、贤亦被废黜。炎将刑,顾谓兄弟曰:"可怜官职并自得之,炎无分毫遗,今坐炎流窜矣。"炎虽官达而甚清贫,收其家,略无积聚,时人伤焉。

杨峤为祭酒,谓人曰:"吾虽三品,非不荣贵,意常不逾畴昔一尉也。"时议重之。峤祖父休之,事北齐,执政将封为王以宠之。休之固辞而谓人曰:"我非奴非獠,何事封王耶！"

李日知为侍中,频乞骸骨,诏许之。初,日知将欲陈请,不与妻谋。及还,饰装将出居别业,妻惊曰:"家室屡空,子弟名宦未立,何为辞职也？"日知曰:"书生至此已过分,人情无厌,若恣其心,是无止足也。"

李怀远久居荣位,而好尚清简,宅舍屋宇无所增改。尝乘款段,豆卢钦望谓之曰:"公荣贵如此,何不买骏乘之？"答曰:"此马幸免惊蹶,无假别求。"闻者叹伏。

冯履谦，七岁读书数万言，九岁能属文。自管城尉丁艰，补河北尉。有部人张怀道任河阳尉，与谦畴旧，饷一镜焉。谦集县吏遍示之，咸曰："维扬之美者，甚嘉也。"谦谓县吏曰："此张公所致也。吾与之有旧，虽亲故不坐，著之章程。吾效官，但以俸禄自守，岂私受遗哉！《昌言》曰：'清水见底，明镜照心。'余之效官，必同于此。"复书于使者，乃归之。闻者莫不钦尚。官至驾部郎中。

卢怀慎，其先范阳人。祖父悊为灵昌令，因家焉。怀慎少清俭廉约，不营家业，累居右职。及乘钧衡，器用服饰无金玉文绣之丽，所得俸禄，皆随时分散，而家无余蓄，妻子不免匮乏。及薨，赠荆州大都督，谥曰文成。玄宗幸东都，下诏曰："故检校黄门监卢怀慎，衣冠重器，廊庙周材，讦谟当三杰之一，学行总四科之二。等平津之辅汉，同季文之相鲁。节邻于古，俭实可师。虽清白莹然，篚金非宝；然妻拏贫窭，儋石屡空。言念平昔，弥深轸悼。宜恤凌统之孤，用旌晏婴之德。宜赐物一百段，米粟二百石。"明年，车驾还京师，望见怀慎别业，方营大祥斋，悯其贫乏，即赐绢五百匹。制苏颋为之碑，仍御书焉。子奂历任以清白闻，为陕郡太守。开元二十四年，玄宗还京师，次陕城顿，赏其政能，题《赞》于其厅事曰："专城之重，分陕之雄。人多惠爱，性实谦冲。亦既利物，存乎匪躬。为国之宝，不坠家风。"天宝初，为晋陵太守。岭南利兼山海，前后牧守赃污者多，乃以奂为岭南太守，贪吏敛迹，人庶爱之。

持法第七

戴胄有干局，明法令，仕隋门下省录事。太宗以为秦府掾，常谓侍臣曰："大理之职，人命所悬，当须妙选正人。用心存法，无过如戴胄者。"乃以为大理少卿。杜如晦临终，委胄以选举。及在铨衡，抑文雅而奖法吏，不适轮辕之用，时议非之。太宗尝言："戴胄于朕，无骨肉之亲，但其忠直励行，情深体国，所延官爵以酬劳耳。"其见重如此。

唐临为大理卿，初莅职，断一死囚。先时坐死者十余人，皆他官所断。会太宗幸寺，亲录囚徒。他官所断死囚，称冤不已。临所断者，嘿而无言。太宗怪之，问其故，囚对曰："唐卿断臣，必无枉滥，所以绝意。"太宗叹息久之，曰："为狱固当若是。"囚遂见原。即日拜御史大夫。太宗亲为之考词，曰："形若死灰，心如铁石。"初，临为殿中侍御史，正班大夫韦挺责以朝列不肃，临曰："此将为小事，不以介意，请俟后命。"翌日，挺离班与江夏王道宗语，趋进曰："王乱班。"将弹之。道宗曰："共公卿大夫语。"临曰："大夫亦乱班。"挺失色而退，同列莫不悚动。

太宗问大理卿刘德威曰："近来刑网稍密，何也？"对曰："诚在君上，不由臣下。主好宽则宽，好急则急。律文：失入减三等，失出减五等。今则反是，失入无辜，失出则获戾，所以吏各自爱，竞执深文，畏罪之所致也。"太宗深纳其言。

张玄素为侍御史，弹乐蟠令㕫奴骂盗官粮。太宗大怒，特令处斩。

中书舍人张文瓘执："据律不当死"。太宗曰："仓粮事重，不斩恐犯者众。"魏征进曰："陛下设法，与天下共之。今若改张，人将法外畏罪。且复有重于此者，何以加之？"遽遂免死。

李绩征高黎，将引其子婿杜怀恭行，以求勋效。怀恭性滑稽，绩甚重之。怀恭初辞以贫，绩赡给之；又辞以无奴马，又给之。既而辞穷，乃亡匿岐阳山中，谓人曰："乃公将我作法则耳。"固不行。绩闻，泫然流涕曰："杜郎放而不拘，或有此事。"遂不之逼。时议曰："英公持法者，杜之怀虑深矣。"

明崇俨为正谏大夫，以奇术承恩。夜遇刺客，敕三司推鞫，其妄承引，连坐者众。高宗怒，促法司行刑。刑部郎中赵仁恭奏曰："此辈必死之囚，愿假数日之命。"高宗曰："卿以为枉也？"仁恭曰："臣识虑浅短，非的以为枉，恐万一非实，则怨气生焉。"缓之旬余，果获贼。高宗善之，迁刑部侍郎。

权善才，高宗朝为将军，中郎将范怀义宿卫昭陵，有飞骑犯法，善才绳之。飞骑因番请见，先涕泣不自胜，言善才等伐陵柏，大不敬。高宗悲泣不自胜，命杀之。大理丞狄仁杰断善才罪止免官。高宗大怒，命促刑。仁杰曰："法是陛下法，臣仅守之。奈何以数株小柏而杀大臣？请不奉诏。"高宗涕泣曰："善才斫我父陵上柏，我为子不孝，以至是。知卿好法官，善才等终须死。"仁杰固谏，侍中张文瓘以笏挥令出，仁杰乃引张释之高庙、辛毗牵裾之例，曰："臣闻逆龙鳞，忤人主，自古以为难，臣以为不难。居桀纣时则难，尧舜时则不难。臣今幸逢尧舜，不惧比干之诛。陛下不纳臣言，臣瞑目之后，羞见释之、辛毗于地下。"高宗曰："善才情不可容，法虽不死，朕之恨深矣。须法外杀之。"仁杰曰："陛下作法，悬诸象魏,徒、流及死,具有等差。岂有罪非极刑,特令赐死?法既无恒,万方何所措其手足?陛下必欲变法,请今日为始。"高宗意乃解,曰:"卿能守法,朕有法官。"命编入史。又曰:"仁杰为善才正朕,岂不能为朕正天下耶!"授侍御史。后因谏事,高宗笑曰:"卿得权善才便也。"时左司郎中王本立恃宠用事,朝廷惧之,仁杰按之,请付法。高宗特原之,仁杰奏曰:"虽国之英秀,岂少本立之类。陛下何惜罪人而亏王法?必不欲推问,请曲赦之,弃臣于无人之境,以为忠贞将来之戒。"高宗乃许之。由是朝廷肃然。

李日知为司刑丞,尝免一死囚,少卿胡元礼异判杀之,与日知往复,至于再三。元礼怒,遣府吏谓曰:"元礼不离刑曹,此囚无活法。"日知报曰:"日知不离刑曹,此囚无死法。"竟以两闻,日知果直。

则天朝,奴婢多通外人,辄罗告其主,以求官赏。润州刺史窦孝谌妻庞氏,为其奴所告夜醮,敕御史薛季旭推之。季旭言其"咒诅",草状以闻,先于玉阶涕泣不自胜,曰:"庞氏事状,臣子所不忍言。"则天纳之,迁季旭给事中。庞弃市,将就刑,庞男希瑊诉冤于侍御史徐有功。有功览状曰:"正当枉状。"停决以闻。三司对按,季旭益周密其状。秋官及司刑两曹既宣覆而自惧,众迫有功。有功不获申,遂处绞死。则天召见,迎谓之曰:"卿比按,失出何多也!"有功曰:"失出,臣下之小过;好生,圣人之大德。愿陛下弘大德。天下幸甚!"则天默然,久之,曰:"去矣。"敕减死,放于岭南。月余,复授侍御史。有功俯伏流涕,固不奉制。则天固授之,有功曰:"臣闻鹿走于山林,而命悬于厨者何?势使然也。陛下以法官用臣,臣以从宽行法,必坐而死矣。"则天既深器重,竟授之,迁司刑少卿。时周兴、来俊臣等罗告天下衣冠,遇族者数千百家。有功居司刑,平反者不可胜纪,时人方之于定国。中宗朝,追赠越州都督,优赐其家,并授一品官。开元初,窦希瑊外戚荣贵,奏请回己之官,以酬其子。

175

太宗时,刑部奏《贼盗律》反逆缘坐,兄弟没官为轻,请改从死。给事中崔仁师驳之曰:"自羲农以降,或设狱而人不犯,或画象而下知禁。三代之盛,泣辜解网。父子兄弟,罪不相及。咸臻至理,俱为称首。及其叔世,乱狱滋繁。周之季年不胜其弊。刑书原于子产,峭涧起于安于,秦严其法,以至于灭。"又曰:"且父子天属,昆弟同气。诛其父子,或累其心,如此不顾,何爱兄弟?"文多不尽载,朝廷从之。

则天朝,恒州鹿泉寺僧净满有高行,众僧嫉之,乃密画女人居高楼,净满引弓射之状,藏于经笥,令其弟子诣阙告之。则天大怒,命御史裴怀古推按,便行诛决。怀古穷其根本,释净满而坐告者,以闻,则天惊怒,色动声战,责怀古宽纵。怀古执之不屈。李昭德进曰:"怀古推事疏略,请令重推。"怀古厉声而言曰:"陛下法无亲疏,当与天下执一,奈何使臣诛无辜之人,以希圣旨?向使净满有不臣之状,臣复何颜能宽之乎?臣守平典,庶无冤滥,虽死不恨也。"则天意解,乃释怀古。后副阎知微和亲于突厥,突厥立知微为南面可汗,而入寇赵、定。怀古因得逃归,素羸弱不堪奔驰,乃恳诚告天,愿投死南土。倦而寝,梦一僧,状如净满者引之,曰:"可从此路出。"觉而从之,果获全。时人以为忠恕之报。

魏元忠、张说为二张所构,流放岭南。夏官侍郎崔贞慎、将军独孤祎之、郎中皇甫伯琼等八人并追送于郊外。易之乃设诈告事人柴明状,称贞慎等与元忠谋反。则天命马怀素按之,曰:"此事并实,可略问,速以闻。"斯须,中使催迫者数焉,曰:"反状皎然,何费功夫,遂至许时。"怀素奏请柴明对问,则天曰:"我亦不知柴明处,但据此状,何须柴明?"怀素执贞慎等无反状,则天怒曰:"尔宽纵反者耶!"怀素曰:"魏元忠以国相流放,贞慎等以亲故相送,诚则可责。若以为谋反,臣岂诬罔神明。只如彭越以反伏诛,栾布奏事尸下,汉朝不坐。况元忠罪非彭越,陛下岂加追送者罪耶？陛下当生杀之柄，欲加之罪，取决圣衷足矣。今付臣推勘，臣但守法耳。"则天曰："尔欲总不与罪耶！"怀素曰："臣识见庸浅，不见贞慎等罪。"则天意解，曰："卿守我法。"乃赦之。时朱敬则知政事，对朝堂执怀素手曰："马子，马子！可爱，可爱！"时人深赏之。

则天朝，或罗告驸马崔宣谋反者，敕御史张行岌按之。告者先诱藏宣家妾，而云："妾将发其谋，宣杀之，投尸于洛水。"行岌按无状。则天怒，令重按。行岌奏如初。则天曰："崔宣反状分明，汝宽纵之。我令俊臣勘当，汝无自悔。"行岌曰："臣推事不弱俊臣，陛下委臣，必须状实。若顺旨妄族人，岂法官所守，臣必以为陛下试臣矣。"则天厉色曰："崔宣若实杀妾，反状自然明矣。不获妾，如何自雪？更不得实，我即令俊臣推勘，汝自无悔也。"行岌惧，逼宣家访妾。宣再从弟思竞，乃于中桥南北，多致钱帛，募匿妾者，数日略无所闻。而其家每窃议事，则告者辄知之。思竞揣家中有同谋者，乃佯谓宣妻曰："须绢三百匹，雇刺客杀此告者。"而侵晨微服俟于台侧，宣家有馆客姓舒，婺州人，言行无缺，为宣家所信，委之如子弟。须臾，见其人至台侧门入，以通于告者。遽密称云："崔家雇人刺我，请以闻。"台中惊扰。思竞素重馆客，馆客不之疑，密随之行，到天津桥，料其无由至台，乃骂之曰："无赖险獠，崔宣破家，必引汝同谋，汝何路自雪？汝幸能出崔家妾，我遗汝五百缣，归乡足成百年之业。不然，杀汝必矣。"其人悔谢，乃引思竞于告者之党，搜获其妾，宣乃得免。

朱履霜好学，明法理。则天朝，长安市屡非时杀人，履霜因入市，闻其称冤声，乘醉入兵围中，大为刑官所责。履霜曰："刑人于市，与众共之。履霜亦明法者，不知其所犯，请详其按。此据令式也，何见责之甚？"刑官唯诺，以按示之。时履霜详其案，遂拔其二。斯须，监刑御史至，诃责履霜。履霜容止自若，剖析分明，御史意少解。履霜曰："准令，当刑能申理者,加阶而编入史,乃侍御史之美也。"御史以闻,两囚竟免。由是名动京师。他日,当刑之家,或可分议者,必求履霜详案。履霜惧不行。死家诉于主司,往往召履霜详究,多所全济。补山阴尉,巡察使必委以推案。故人或遗以数两黄连,固辞不受,曰:"不辞受此归,恐母妻诘问从何而得,不知所以对也。"后为姑蔑令,威化行于浙西。着《宪问》五卷,撮刑狱之机要。

僧惠范,恃权势逼夺生人妻,州县不能理。其夫诣台诉冤,中丞薛登、侍御史慕容珣将奏之,台中惧其不捷,请寝其议,登曰:"宪司理冤滞,何所回避! 朝弹暮黜,亦可矣。"登坐此出为岐州刺史。时议曰:"仁者必有勇,其薛公之谓欤!"

李承嘉为御史大夫,谓诸御史曰:"公等奏事,须报承嘉知;不然,无妄闻也。"诸御史悉不禀之,承嘉厉而复言。监察萧至忠徐进曰:"御史,人君耳目,俱握雄权,岂有奏事先咨大夫,台无此例。设弹中丞,大夫岂得奉谘耶!"承嘉无以对。

延和中,沂州人有反者,诖误坐者四百余人,将隶于司农,未即路,系州狱。大理评事敬昭道援赦文刊而免之。时宰相切责大理:"奈何免反者家口!"大理卿及正等失色,引昭道以见执政。执政怒而责之,昭道曰:"赦云:'见禁囚徒。'沂州反者家口并系在州狱,此即见禁也。"反覆诘对,至于五六,执政无以夺之。诖误者悉免。昭道迁监察御史。先是夔州征人舒万福等十人次于巴阳滩,溺死。昭道因使巴渝,至万春驿,方睡,见此十人祈哀。才寐觉,至于再三。乃召驿吏问之,驿人对如梦。昭道即募善游者出其尸,具酒殽以酹之。观者莫不歔欷。乃移牒近县,备槽椟归之故乡。征人闻者,无不感激。

睿宗朝,雍令刘少征凭恃岑义亲姻,颇黩于货。殿中侍御史辛替否按之,义嘱替否以宽其罪。替否谓同列曰:"少征恃势贪暴,吾忝宪司,奈何惧势宽纵罪人,以侮王法!"少征竟处死。

开元中,申王**扰奏**:"辰府录事阎楚珪,望授辰府参军。"玄宗许之。姚崇奏曰:"臣昔年奉旨,王公驸马所有奏请,非降墨敕,不可商量。其楚珪官,请停。"诏从之。

政能第八

　　肃宗初克复,重将帅之臣,而武人怙宠,不遵法度。将军王去荣打杀本县令,据法处尽。肃宗将宥之,下百寮议。韦陟议曰:"昔汉高约法,'杀人者死'。今陛下出令,杀人者生。伏恐不可为万代之法。"陟尝任吏部侍郎,有一致仕官叙五品,陟判之曰:"青毡展庆,曾不立班;朱绂承荣,无宜卧拜。"时人推其强直政能。

　　武德中,以景命惟新,宗室犹少,至三从弟侄皆封为王。及太宗即位,问群臣曰:"遍封宗子,于天下便乎?"封德彝对曰:"不便。历观往古,封王者当今最多。两汉以降,唯封帝子及兄弟。若宗室疏远者,非有大功,如周之郇、滕,汉之贾、泽,并不得滥居名器,所以别亲疏也。"太宗曰:"朕为百姓理天下,不欲劳百姓以养己之亲也。"于是疏属悉降爵为公。

　　狄仁杰因使岐州,遇背军士卒数百人,夜纵剽掠,昼潜山谷,州县擒捕系狱者数十人。仁杰曰:"此途穷者,不辑之,当为患。"乃明榜要路,许以陈首。仍出系狱者,禀而给遣之。高宗喜曰:"仁杰识国家大体。"乃颁示天下,宥其同类,潜窜毕首矣。

　　薛大鼎为沧州刺史,界内先有棣河,隋末填塞。大鼎奏闻开之,引鱼盐于海。百姓歌曰:"新河得通舟楫利,直至沧海鱼盐至。昔日徒行今骋驷,美哉薛公德滂被。"大鼎又决长卢及漳、衡等三河,分泄夏潦,境内无复水害。

高宗朝，司农寺欲以冬藏余菜出卖与百姓，以墨敕示仆射苏良嗣。良嗣判之曰："昔公仪相鲁，犹拔去园葵，况临御万乘，而卖鬻蔬菜。"事遂不行。

员半千，本名余庆，与何彦光师事王义方。义方甚重之，尝谓曰："五百年一贤，足下当之矣。"改名半千。义方卒，半千、彦光皆制师服。上元初，应六科举，授武陟尉。时属旱歉，劝县令开仓赈恤贫馁，县令不从。俄县令上府，半千悉发仓粟，以给百姓。刺史郑齐宗大怒，因而按之，将以上闻。时黄门侍郎薛元超为河北存抚使，谓齐宗曰："公百姓不能救之，而使惠归一尉，岂不愧也！"遽令释之。又应岳牧举，高宗御武成殿，召诸举人，亲问曰："兵书所云天阵、地阵、人阵，各何谓也？"半千越次对曰："臣观载籍多矣，或谓天阵，星宿孤虚也；地阵，山川向背也；人阵，偏伍弥缝也。以臣愚见则不然。夫师出以义，有若时雨，则天利，此天阵也。兵在足食，且耕且战，得地之利，此地阵也。卒乘轻利，将帅和睦，此人阵也。若用兵者，使三者去，其何以战？"高宗深嗟赏，对策上第，擢拜左卫渭上参军，仍充宣慰吐蕃使。引辞，则天曰："久闻卿，谓是古人，不意乃在朝列。境外小事，不足烦卿，且留待制也。"前后赐绢千余匹。累迁正谏大夫，封平凉郡公。开元初，卒。

郑惟忠，名行忠信，天下推重。自山阴尉应制，则天临轩，问何者为忠，诸应制者对，率不称旨。惟忠曰："臣闻外扬君之美，内匡君之恶。"则天幸长安，惟忠待制引见，则天曰："朕识卿，前于东都，言忠臣外扬君之美，内匡君之恶。至今不忘。"中宗朝，拜黄门侍郎。时议禁岭南首领家蓄兵器，惟忠议曰："夫为政不可骤革其习俗，且《蜀都赋》云：'家有鹤膝，户有犀渠。'如或禁之，岂无惊挠耶！"事遂不行。

司农卿姜师度明于川途,善于沟洫。尝于蓟北约魏帝旧渠,傍海新创,号曰"平虏渠",以避海难,馈运利焉。时太史令傅孝忠明于玄象,京师为之语曰:"傅孝忠两眼窥天,姜师度一心看地。"言其思穿凿之利也。

则天将不利王室,越王贞于汝南举兵,不克,士庶坐死者六百余人,没官人五千余口。司刑使相次而至,逼促行刑。时狄仁杰检校刺史,哀其诖误,止司刑使,停斩决,飞奏表曰:"臣欲闻奏,似为逆人论理,知而不言,恐乖陛下存恤之意。奏成复毁,意不能定。此辈非其本心,愿矜其诖误。"表奏,特赦配流丰州。诸囚次于宁州,宁州耆老郊迎之曰:"我狄使君活汝耶!"相携哭于碑侧,斋三日而后行。诸囚至丰州,复立碑纪德。初,张光辅以宰相讨越王,既平之后,将士恃威,征敛无度,仁杰率皆不应。光辅怒曰:"州将轻元帅耶?何征发之不赴。仁杰,汝南勃乱,一越王耶!"仁杰曰:"今一越王已死,而万越王生。"光辅质之,仁杰曰:"明公亲董戎旃二十余万,所在劫夺,远迩流离,创钜之余,肝脑涂地。此非一越王死而万越王生耶?且胁从之徒,势不自固,所以先著纲理之也。自天兵暂临,其弃城归顺者不可胜计,绳坠四面成蹊,奈何纵求功之人,杀投降之士?但恐冤声腾沸,上彻于天。将请尚方断马剑斩足下,当北面请命,死犹生也。"遂为光辅所潜,左授复州刺史。寻征还魏州刺史,威惠大行,百姓为立生祠。迁内史,及薨,朝野凄恸。则天赠文昌左相。中宗朝,赠司空。睿宗朝,追封梁国公,哀荣备于三朝,代莫与为比。

韦景骏为肥乡令,县界漳水,连年泛滥。景骏审其地势,增筑堤防,遂无水患,至今赖归。时河北大饥,景骏躬自巡抚贫弱,人吏立碑,以纪其德。肥乡人有母子相告者,景骏谓之曰:"吾少孤,每见人养亲,自痛终天无分。汝幸在温清之地,何得如此?锡类不行,令之罪也。"因泪下呜咽,仍取《孝经》与之,令其习读。于是母子感悟,各请改悔。迁赵州长史,路由肥乡,人吏惊喜,竞来犒饯,留连弥日。有童幼数人,年甫十岁,亦在其中,景骏谓之曰:"计吾北去,此时汝辈未生,既无旧思,何殷勤之甚也?"咸对曰:"比闻长老传说,县中廨宇、学堂、馆舍、堤桥,并是明公遗迹。将谓古人,不意得瞻睹,不觉欣恋倍于常也。"终于奉先令。子述,开元、天宝之际,为工部侍郎,代吴兢修国史。

开元九年,左拾遗刘彤上表论盐铁曰:"臣闻汉武帝为政,厩马三十万,后宫数万人,外讨戎夷,内兴宫室,殚费之甚,实百当今。然而财无不足者,何也?岂非古取山泽,而今取贫人哉!取山泽,则公利厚而人归于农;取贫人,则公利薄而人去其业。故先王之作法也,山泽有官,虞衡有职,轻重有术,禁发有时。一则专农,二则饶富,济人盛事也。臣实谓当今宜行之。夫煮海为盐,采山铸钱,伐木为室者,丰余之辈也。寒而无衣,饥而无食,佣赁自资者,穷苦之流也。若能山海厚利,夺丰余之人;薄敛轻傜,免穷苦之子,所谓损有余益不足,帝王之道不可谓然。"文多不尽载。

李杰为河南尹,有寡妇告其子不孝,其子不能自理,但云:"得罪于母,死甘分。"杰察其状,非不孝子也。谓寡妇曰:"汝寡居,唯有一子,今告之,罪至死,得无悔乎?"寡妇曰:"子无赖,不顺母,宁复惜之!"杰曰:"审如此,可买棺木来取儿尸。"因使人俟其后。寡妇既出,谓道士曰:"事了矣。"俄将棺至,杰冀其悔,再三喻之,寡妇执意如初。道士立于门外,密令擒之,一问承伏,曰:"某与寡妇有私,常为儿所制,故欲除之。"杰乃杖杀道士及寡妇,便以向棺盛之。

郭元振为凉州都督。先是凉州南北不过四百余里,吐蕃、突厥二寇频至城下,百姓苦之。元振于南界硖石置和戎城,北界碛中置白停军,控其路要,遂拓州境一千五百里。自是,虏不复纵。又令甘州刺史李汉通置屯田,尽水陆之利。往年粟麦,斛至数千,及元振为都督,一缣易数千斛,军粮积数十年,牛羊被野,路不拾遗。为凉州五年,夷夏畏慕。

崔皎为长安令,邠王守礼部曲数辈盗马,承前以上长令不敢按问,奴辈愈甚,府县莫敢言者。皎设法擒捕,群奴潜匿王家,皎命就擒之。奴惧,尽缢杀悬于街树,境内肃然。出为怀州刺史。历任内外,咸有声称也。

忠烈第九

李玄通刺定州，为刘黑闼所获，重其才，欲以为将。叹曰："吾荷朝恩，作藩东夏，孤城无援，遂陷虏庭。常守臣节，以忠报国，岂能降志，辄受贼官。"拒而不受。故吏有以酒食馈者，玄通曰："诸君哀吾辱，故以酒食宽慰。吾当为君一醉。"谓守者曰："吾能舞剑，可借吾刀。"守者与之。曲终，太息曰："大丈夫受国恩，镇抚方面，不能保全所守，亦何面目视息哉！"以刀溃腹而死。高祖为之流涕，以其子为将军。

刘感镇泾州，为薛仁杲所围，感孤城自守。后督众出战，因为贼所擒。仁杲令感语城中曰："援军已大败，宜且出降，以全家室。"感伪许之，及到城下，大呼曰："逆贼饥饿，败在朝夕。秦王率十万众，四面俱集，城中勿忧，各宜自勉，以全忠节。"仁杲埋感脚至膝，射而杀之。垂死，声色愈厉。高祖遂追封平城郡公，谥曰"忠壮"。

常达为陇州刺史，为薛举将仵政所执以见举，达词色不屈。举指其妻谓达："且识皇后否？"达曰："只是癭老妪，何足可识？"举奇而宥之。有奴贼帅张贵问达曰："汝识我？"达曰："汝逃奴耶！"瞋目视之。大怒，将杀达，人救获免。及贼平，高祖谓达曰："卿之忠节，便可求之古人。"诏令狐德棻曰："刘感、常达，当须载之史策。"后复拜陇州刺史。

尧君素为隋炀帝守蒲州，频败义师。高祖使屈突通至城下说之，君素悲不自胜。通泣谓君素曰："义兵所临，无不响应。天时人事，可以意知。卿可早降,以取富贵。"君素曰:"主上委公以关中甲兵,付公以社稷名位,若自不思报效,何为人作说客耶!"通曰:"我力屈。"君素曰:"当今力犹未屈,何用多言?"通惭而退。高祖又令其妻至城下,谓之曰:"天命有归,隋祚已尽,君何自若陷身祸败?"君素曰:"天下名义,岂妇人所知!"引弓射之,恸哭而去。君素寻知事必不济,要在守厄,数谓诸将曰:"隋室倾败,天命有归,吾当断颈以付诸君也。"俄为麾下所杀。后太宗幸河东,嘉其忠节,赠河东刺史。

屈突仲通,隋炀帝所任,留镇长安。义师既济河,通将兵至潼关,以御义师,遂为刘文静所败。通至归东都,不顾家属,文静遣通子寿往喻之。通曰:"昔与汝为父子,今为仇雠。"命左右射之。乃下马东向哭曰:"臣力屈兵散,不负陛下,天地鬼神,照臣此心。"泪见高祖,高祖曰:"何见之晚也?"通泣曰:"不能尽人臣之节,于此奉见,为本朝之辱,以愧相王。"高祖曰:"忠臣也。"以为兵部尚书。

萧瑀,贞观初为左仆射。太宗谓之曰:"武德六年已后,太上皇有废立之心而未定也。我当此日,实不为兄弟所容,实有大功而不蒙赏。卿不可以厚利诱,不可以刑戮惧,真社稷臣也。"因赐诗曰:"疾风知劲草,版荡识贞臣。"又谓之曰:"卿之守道眇身,古人无以过也。然善恶大明,有时而失。"瑀谢曰:"臣特蒙训诫,惟死忠良。虽死之日,犹生之年。"十七年,与长孙无忌等二十四人图形于凌烟阁。

安金藏为太常工人,时睿宗为皇嗣。或有诬告皇嗣潜有异谋者,则天令来俊臣按之。左右不胜楚毒,皆欲自诬,唯金藏大呼,谓俊臣曰:"公既不信金藏言,请剖心以明皇嗣不反。"则引佩刀自割,其五脏皆出,流血被地,气遂绝。则天闻,令舁入宫中,遣医人却内五脏,以桑白皮缝合之,傅药，经宿乃苏。则天临视，叹曰："吾有子不能自明，不如汝之忠也。"即令停推。睿宗由是乃免。金藏后丧母，复于墓侧躬造石坟、石塔。旧源上无水，忽有涌出泉。又李树盛冬开花，大鹿挟其道。使卢怀慎以闻，诏旌其门间。玄宗即位，追思金藏节，下制褒美，拜右骁卫将军，仍令史官编次其事。

李多祚，靺鞨酋长也，少以军功，历右羽林大将军，掌禁兵。神龙初，张柬之谓多祚曰："将军在北门几年？"曰："三十年。"柬之曰："将军击鼓钟鼎食，贵宠当代，岂非大帝之恩。将军既感大帝殊泽，能有报乎？大帝之子见在东官，易之兄弟欲危宗社。将军诚能报恩，正在今日。"多祚曰："苟缘王室，惟相公所使，终不顾妻子性命。"因立盟誓，义形于色，遂与柬之定策诛易之等。以功封辽阳郡王，实八百户。后从节愍太子举兵，遇害，睿宗下诏，追复本官。

张敬之，则天时每思唐德，唯以禄仕，谓子冠宗曰："吾今佩服，乃莽朝之服耳。"累官至春卿侍郎，当入三品，子弟将通由历于天官。有僧泓者，善阴阳算术，与敬之有旧，谓敬之曰："六郎无烦求三品。"敬之曰："弟子无所求，励此儿子耳。"敬之弟讷之，为司礼博士，有疾甚危殆，泓师指讷之曰："八郎今日如临万仞间，必不坠矣。"皆如其言。

武三思乱政，寿春周憬，慷慨有节概，与驸马王同皎谋诛之。事发，同皎遇害，憬遁于比干庙自刭，临死谓左右曰："韦后乱国，宠树奸佞。三思干上犯顺，虐害忠良。吾知其灭亡不久，可悬吾头于国门，观其身首异处而出。"又曰："比干，忠臣也，傥神道有知，明我以忠见杀。"三思果败。

神龙初，桓彦范与张柬之等发北军入玄武门，斩张易之等，迁则天于上阳宫。柬之勒兵于景运门，将引诸武以诛之。彦范以大功既立，不欲多诛戮，遽解其缚。柬之固争不果。既而权归三思，诸同谋者咸曰："斩我项者，桓彦范也。"彦范曰："主上畴昔为英主，素有明断，吾留诸武，使自致耳。今日事势既尔，乃上天之命，岂人事乎？"寻并流放，为三思所害，海内咸痛之。

节愍太子以武三思乱国，起北军诛之。既而韦庶人与安乐公主翊中宗以登玄武门，千骑王欢喜倒戈击太子，太子兵散，走至鄠县，为宗楚客之党所害。三思尝令子宗训与安乐公主凌忽太子，太子积忿恨，遂举兵而死，兆庶咸痛之。

睿宗皇帝即位，悼太子殒身殉难，下诏曰："曾氏之孝也，慈亲惑于疑听；赵虏之族也，明帝哀而望思。历考前闻，率由旧典。太子，大行之子，元良守器，往罗构间，困于谗嫉，莫顾铁钺，轻盗甲兵，有此诛夷，无不愤惋。今四凶灭服，十起何追，方申赤晕之冤，以抒黄泉之痛。可赠皇太子谥曰节愍。"先是，宗楚客、纪处讷、冉祖雍等奏言："相王及太平公主与太子同谋，请收付狱。"中宗命御史中丞萧至忠鞫之，至忠泣而奏曰："陛下富有四海，贵为天子，岂不能保持一弟一妹，受人罗织。宗社存亡，实在于此。臣虽至愚，窃为陛下不取。《汉书》云：'一尺布，尚可缝；一斗粟，尚可春；兄弟二人不相容。'愿陛下详之。且往者则天欲立相王为太子，相王累日不食，请迎陛下，固让之诚，天下传说。且明祖雍所奏，咸是构虚。"中宗纳其言，乃止。十起未详。